DREAMBOOKS

수라왕 12

이대성 신무협 장편소설

dream books
드림북스

수라왕 12

초판 1쇄 인쇄 / 2015년 6월 25일
초판 1쇄 발행 / 2015년 7월 6일

지은이 / 이대성

발행인 / 오영배
책임편집 / 편집부
펴낸 곳 / (주)삼양출판사 · 드림북스

주소 / 서울시 강북구 도봉로 173
대표 전화 / 02-980-2112 팩스 / 02-983-0660
편집부 전화 / 02-980-2116 팩스 / 02-983-8201
블로그 / blog.naver.com/dreambookss

등록번호 / 제9-00046호
등록일자 / 1999년 3월 11일

값 9,000원

ISBN 979-11-313-0264-4(04810) / 978-89-542-5433-5 (세트)

* 지은이와 협의하에 인지는 생략합니다.
* 잘못된 책은 구입한 곳에서 바꾸어 드립니다.

이 도서의 국립중앙도서관 출판시도서목록(CIP)은 서지정보유통지원시스템홈페이지(http://seoji.nl.go.kr)와
국가자료공동목록시스템(http://www.nl.go.kr/kolisnet)에서 이용하실 수 있습니다. **(CIP제어번호: 2015016519)**

수라왕 12

이대성 신무협 장편소설

dream
books
드림북스

차례

第一章

결과

"지금쯤 슬슬 결과가 나왔을 것 같군."

사대 세가.

수뇌부들 중 누군가가 입을 열자 모두가 동의했다.

슬슬 소교주가 죽었든 살았든 그 결과가 나올 시간이었다.

하지만 그 누구도 먼저 알아보려고 하지는 않았다.

기다리는 것이다.

그리고 얼마의 시간이 흘렀을까?

누군가가 빠르게 접근해 오는 기척이 느껴졌다.

"결과가 나왔나 보군."

용씨 세가의 가주.

용무화가 말하자 다들 일제히 천씨 세가의 가주.

천태악을 바라보았다.

그는 아까부터 조용히 침묵을 지키고 있었고, 다른 세가의 주인들 역시 그런 그를 굳이 자극하지 않았다.

일생일대의 도박.

과연 어떤 결과가 나왔을까?

"가주님들께 보고드립니다."

"해라."

그림자처럼 나타난 단리 세가의 식솔 중 하나가 눈치를 살피다가 조용하게 입을 열었다.

"계획은 실패했습니다. 소교주는 부상을 입었지만 그다지 큰 부상이 아닌지 자기 스스로 약제당으로 갔습니다. 부상을 치료하러 간 듯합니다."

"……!"

모두의 얼굴에 복잡함이 떠오를 때.

무거운 침묵을 지키고 있던 천태악이 드디어 입을 열었다.

"……거기서 살아남았다? 허허, 소교주는 정말 괴물이로구만."

그는 입가에 쓴웃음을 지으며 주변을 둘러보았다.

그 후 천천히 말했다.

"본래 계획대로 본 가에 모든 책임을 덮어씌우시면 되겠소. 모든 것은 내가 지고 가리다."

"안타깝게 되었소."

단리 세가의 주인 단리무한이 동정의 눈빛을 보냈다.

그것은 다른 세가의 수뇌부들도 마찬가지였다.

하지만 그들은 동시에 냉철하게 판단했다.

여기까지다.

'서둘러 이 자리를 떠야 한다.'

이번 일에 연루되어 있다는 사실이 조금이라도 알려져선 곤란했다.

정통성을 지닌 후계자를 불러다 노골적으로 함정에 빠뜨린 것이기 때문이다.

완벽한 명분이 초류향에게 있으니 최대한 빨리 발을 빼야 했다.

그들이 막 그런 계산을 하고 있을 무렵.

빠르게 접근하는 또 다른 기척이 느껴졌다.

"우리 식솔이군."

천태악이 작게 중얼거릴 때.

문이 열리고 누군가가 다급하게 안으로 들어왔다.

그는 가주의 말도 기다리지 않고 겁에 질린 얼굴로 바로 입을 열었다.

"소, 소교주가 이쪽으로 오고 있습니다."

"……그런가."

"예."

선우 세가의 가주.

선우강진은 자신의 턱을 한 번 쓰다듬으며 얼굴을 찡그렸다.

"우리 소교주님께서는 어떻게 우리가 이곳에 있다는 것을 알았을까?"

“전박과 엄승도. 그들이라면 알아낼 수 있었겠지.”

단리 세가의 단리무한이 작게 대답하자 수하가 고개를 끄덕이며 말했다.

“그렇습니다. 엄승도가 보고한 것 같습니다.”

수하의 보고를 들은 사대 세가의 가주들은 서로 시선을 마주쳤다.

그리고 천태악을 제외한 이들이 거의 동시에 자리에서 몸을 일으켰다.

“약속은 지킬 것이라 믿겠소, 천태악.”

천태악은 그들을 바라보며 허허롭게 웃어 보였다.

그리고 고개를 끄덕였다.

“걱정 마시오. 약속은 지킬 테니.”

“그럼 그렇게 믿고 우리는 이만 가 보도록 하겠소.”

가주들이 서둘러 자리를 뜨자 홀로 남은 천태악은 느릿한 동작으로 탁자에 놓인 찻잔을 집어 들었다.

그것을 입가로 가져가며 천태악이 입을 열었다.

“너도 이만 가 보도록 해라.”

“하지만…….”

“괜히 휩쓸려서 죽을 필요는 없지.”

천씨 세가의 식솔이 머뭇거렸다.

그도 죽는 것은 싫었다.

하지만 가주가 여기서 죽을 게 확실한데 자리를 뜨는 것도 어딘가 부끄러운 행동이 아닌가?

그가 망설이고 있을 때.

누군가가 문을 밀며 안으로 들어왔다.

"할아버님."

천자후.

천씨 세가의 후계자가 아닌가?

그를 돌아본 천태악의 눈썹이 꿈틀거렸다.

"어리석구나. 이야기 못 들었느냐? 지금 놈이 이곳으로 오는 중이다."

"들었습니다."

"빨리 빠져나가라. 괜히 너까지 휘말릴 필요가 없다."

"어차피 다 끝났습니다."

천태악이 알 수 없다는 얼굴을 해 보일 때.

천자후가 조용히 걸어와 비어 있는 의자에 앉으며 입을 열었다.

"소교주는 단지 할아버님의 죽음만으로 이 일을 끝낼 생각이 없을 겁니다."

"어째서?"

"할아버님께 보고하지 않은 게 있거든요."

천태악의 얼굴이 딱딱하게 굳었다.

불길한 느낌이었다.

일이 잘못된 지금에 와서야 말하는 '보고하지 않은 게' 대체 무엇일까?

"그게 무엇이냐?"

"독비에 관한 것입니다."

"독비?"

독비가 대체 왜?

점점 더 알 수가 없는 말이었다.

"점박이 놈이 무언가 개수작이라도 부렸다는 말이냐?"

"영감은 죄가 없지요. 제가 정보를 차단했으니까요."

"그게 무슨 말이냐? 제대로 말을 해 보아라."

"독비는 독인이 되기 전에 화령이라는 이름을 가지고 있었습니다."

"화령?"

어딘가 익숙한 이름이다.

분명 어디선가 들었던 이름이었는데?

"저희 쪽에서 기른 사냥개입니다. 제가 관리하고 있었죠."

"설마…… 소교주의 암살에 실패하고 하녀로 들어갔다던 그 계집을 말하는 것이냐?"

"예, 그렇습니다."

천태악의 얼굴이 하얗게 질렸다.

그제야 천자후가 무슨 말을 하려는지 깨달은 것이다.

"지금 네 말은 소교주의 사람을 독비로 만들었다는 것이더냐?"

"예. 그 계집이 그 정도로 가치가 있을 줄 몰랐습니다."

천태악은 제자리에서 벌떡 일어나 천자후의 뺨을 날렸다.

쫘아악—

입술이 터지고 피가 흘러나왔지만 천자후의 표정에는 변화가 없었다.

그는 자기의 할아버지를 물끄러미 바라보다 입을 열었다.

"소교주는 이 일을 쉽게 넘어가지 않을 겁니다."

"이, 이이 멍청한 놈!"

천태악은 일이 어렵게 되었음을 직감했다.

소교주는 아직 어리다.

어리기 때문에 감정적으로 일을 처리할 가능성이 대단히 높았다.

그의 사람을 건드린 것.

이것은 분명 소교주에게 크나큰 명분을 줄 것이다.

이제 가문 전체가 화를 입을 수 있었다.

"어떻게 할 생각이더냐? 일이 너무 커졌다."

"제 선에서 어떻게 끝내 봐야죠. 제가 다 짊어지고 가겠습니다."

천태악은 천자후의 말에 복잡한 얼굴을 해 보였다.

그러다 고개를 저었다.

"차라리 내가 가는 게 가문을 위해 옳다."

"아니요. 놈이 이번 일에 대해서 조사하게 되면 바로 결과가 나올 겁니다. 그냥 제가 짊어지고 가는 게 맞죠."

천자후의 무덤덤한 얼굴을 보며 천태악이 입을 열었다.

"놈이 고작 네 목숨 하나로 만족할 것 같으냐?"

"욕심이 있다면 만족할 겁니다."

"욕심?"

천자후는 고개를 끄덕이며 입을 열었다.

"천하를 가지고 싶다는 욕심. 놈에게 제발 그런 욕심이 있기를 바랄 뿐입니다."

입에 고여 있던 피가 섞인 침을 바닥에 뱉어 내며 천자후는 열려 있는 문을 바라보았다.

저 멀리에서 누군가가 다가오고 있었다.

초류향을 위시한 엄승도와 운휘, 노진녕이었다.

그들은 서두르지 않았다.

천태악이 비밀스럽게 만들어 놓은 별장의 문을 조용하게 열고 들어오더니, 천천히 안으로 걸어 들어왔다.

그리고 아무 말도 없이 의자를 빼내어 자리에 앉았다.

"제가 여기 찾아온 이유를 아십니까?"

초류향이 입을 열자 천태악과 천자후는 고개를 끄덕였다.

"그럼 이야기하기가 한결 편하겠군요."

천태악은 초류향을 지그시 바라보다 입을 열었다.

"내 목숨 하나로 끝내 주시오, 소교주. 모든 책임을 내가 지겠소."

초류향은 웃었다.

그 미소는 얼음장처럼 차가웠다.

분노하고 있었기 때문이다.

"스스로의 목숨을 대단히 높게 평가하시는군요. 제가 거절하리라는 것쯤은 이미 잘 알고 있을 거라 생각합니다."

"그럼 소교주님께서는 대체 어디까지 생각을 하고 계시오?"

초류향은 무감각한 얼굴로 천태악을 바라보다가 그 옆에 있는 천자후를 응시했다.

"그쪽이 천씨 세가의 후계자입니까?"

"……예. 천자후라고 합니다, 소교주님."

"그쪽이 보기엔 제가 어디까지 손을 댈 것 같습니까?"

천자후는 신중한 얼굴을 해 보였다.

일은 어차피 실패했고, 더 이상 살아 나갈 길은 보이지 않았다.

그렇다면 여기서부터는 말이라도 잘 해야 한다.

가문에 미칠 피해를 최대한 줄여야 하니까.

"솔직하게 말해도 되겠습니까, 소교주님?"

"해 보세요."

"저 같았으면 사대 가문이고 뭐고 다 쓸어버렸을 겁니다. 그 정도의 목숨값은 지불해야지요."

"……."

초류향은 눈을 깜빡거렸다.

상대방이 무슨 의도로 이런 과감한 말을 내뱉는지 판단하기 위해서였다.

그때 천자후가 슬쩍 웃으며 다시 입을 열었다.

"그런데 소교주님은 그렇게 안 하실 겁니다."

"어째서 그렇게 생각하십니까?"

"천마신교의 주인이 되면 소교주께서는 당연히 천하로 나가야 하지 않겠습니까? 그러기 위해서는 사대 가문의 힘이 반드시 필요할 겁니다. 그들의 힘이 있어야 천하를 먹을 수 있을 테니까요."

"……."

초류향은 눈을 가늘게 뜨고 천자후를 바라보았다.

지금 이자가 무언가를 알고 말하는 것은 분명 아니었다.

대충 넘겨짚은 게 확실했다.

한데도 제법 정확하게 핵심을 찔러 오지 않는가?

초류향은 그에게 흥미가 생겼다.

그래서 입가에 가느다란 미소를 그리며 말했다.

"그래서 제가 어떻게 했으면 좋겠습니까?"

천자후는 본능적으로 지금부터가 중요하다는 사실을 깨달았다.

상대방은 이쪽이 내보인 이야기에 충분히 흥미를 보이고 있으니, 아직까지는 대화를 계속할 수 있는 여지가 있었다.

"지금 기술자가 필요하지 않으십니까, 소교주님?"

"기술자라……. 그런 자는 필요 없습니다."

천자후는 고개를 저었다.

"아니요. 반드시 필요하실 겁니다. 독비를 치료하기 위해서는."

"……."

초류향의 얼굴에서 서서히 웃음이 걷혔다.

천자후가 말하는 기술자가 무엇을 의미하는지 이제야 눈치챘기 때문이다.

그리고 저놈은 아직 모르는 듯하지만, 지금 건드리지 말아야 할 것을 건드렸다.

드드득—

초류향의 몸에서 무시무시한 기세가 뿜어져 나왔다.

치솟아오르는 분노를 숨기지 않은 것이다.

본래의 초류향이라면 스스로의 감정을 억누르고 원하는 것을 얻었겠지만 지금은 아니었다.

한시라도 빨리 독비, 아니 화령을 치료해야 했으니까.

'그녀를 가지고 협상을 하려 했나? 멍청이.'

저놈은 지금 큰 착각하고 있었다.

화령의 목숨을 쥐고 흥정을 하려 하다니 완전히 잘못 짚은 것이다.

천자후는 초류향이 뿜어내는 기운에 손이 떨려 왔지만 그것을 억지로 억눌렀다.

'이상하다.'

초류향에 대해서는 많은 것을 조사해 놓은 천자후였다.

차후에 그를 제거하고 교주가 될 생각이었으니까 조사는 필수였다.

오랜 기간 조사한 자료에 따르면 초류향은 대단히 이성적인 인물이었다.

그런데…….

'뭐가 잘못된 거지?'

눈앞의 초류향은 그가 조사한 것과 달랐다.

지독히 감정적으로 행동하고 있는 것이다.

천자후는 빠르게 머리를 굴렸다.

지금 여기서 밀리면 자신뿐만 아니라 가문 전체가 위험하다.

“독비를 치료할 수 있는 자를 넘겨 드리고 제 목숨도 드리겠습니다. 저희 천씨 가문의 미래를 드린다는 겁니다. 거기에서 이번 일을 덮어 주셨으면 좋겠습니다.”

이건 최후의 협상이었다.

물론 지금의 초류향에게는 그저 협박으로 들렸지만.

초류향은 상체를 앞으로 살짝 숙이며 나직하게 말했다.

“제가 지금 이곳에서 당신들을 다 죽이고 그자를 잡아갈 것이란 생각은 안 해 보았습니까?”

으스스한 음성.

지금 소교주는 진심이었다.

그것을 깨닫자 천자후는 전신이 가늘게 떨려오는 것을 느꼈다.

상대가 이런 식으로 나오리라고는 예상하지 못했던 것이다.

‘어떻게 해야 하지?’

천자후는 머리를 필사적으로 굴렸다.

그리고 조심스럽게 입을 열었다.

“제가 입을 다물면 소교주님께서는 그자의 행방을 영원히 찾지 못할 겁니다.”

“…….”

초류향은 침묵했다.

그러다 잠시 후 피식 웃으며 천자후를 바라보았다.

“자신할 수 있습니까?”

“예?”

“제가 그자의 행방을 절대로 찾지 못할 것이라고 확신하시는 겁니까?”

“……무, 물론입니다. 그자의 행방은 저밖에 모르거든요.”

천자후의 음성이 가늘게 떨렸다.

불안했던 것이다.

그러자 초류향의 입가에 그려져 있던 웃음이 한층 더 진해졌다.

천자후는 마른침을 삼켰다.

그자의 행방은 분명히 자신밖에 모른다.

그런데 왠지 모르게 초류향이 보이는 웃음이 허세가 아니라는 생각이 들었다.

“저는 애초에 한두 사람의 목숨으로 이번 일을 끝낼 생각이 없었습니다. 본보기를 보여야 하는 시점이니 아주 제대로 보여 줄 생각이었지요.”

“제대로라면……?”

초류향은 천자후를 바라보다 덤덤하게 말했다.

“짐작하시는 대로, 그대의 가문을 이 세상에서 완전히 없앨 생각이었습니다.”

“……”

초류향의 담담한 말에 천자후의 얼굴이 딱딱히 굳었다.

지금의 초류향에게는 충분히 그럴 만한 힘이 있었던 것이다.

“하나 저도 일이 커지는 것은 달갑지 않으니 한 가지 제안을 하지요.”

"어떤 제안을 말씀하십니까?"

"그 기술자라는 사람이 있는 곳을 가르쳐 주면 천씨 세가에서 이번 일과 연관이 있는 자들에게만 그 책임을 묻겠습니다. 그럼 기껏해야 백 명 안쪽이겠군요. 하나 거절한다면 천씨 세가 전부가 몰살당할 겁니다."

어떻게 해야 할까?

천자후는 고민했다.

자신이 마지막까지 영감의 행방을 감춰 온 것은 맞다.

절대로 찾을 수 없는 곳에 숨겨 놓고 온 것이다.

엄승도와 전박의 정보력이 아무리 엄청나다지만 그들이 본격적으로 나서도 절대로 찾을 수 없을 터였다.

'중요한 건 지금 소교주가 보이고 있는 저게 허세인지 아닌지를 판단하는 거로군.'

천자후는 선뜻 결단을 내리지 못하고 힐긋 시선을 돌려 그의 할아버지를 바라보았다.

그의 할아버지인 천태악은 그냥 여기에서 끝내자는 눈빛을 해 보였지만, 그것이 천자후의 마지막 자존심을 건드렸다.

사람이란 종종 궁지에 몰리게 되면 발악을 하는 법이니까.

그래서 천자후는 본래의 계획을 엎어 버리고 초류향을 똑바로 바라보며 입을 열었다.

"찾을 수 있다면 직접 찾아보시는 것도 좋겠지요. 한데 못 찾는다면 어쩌시겠습니까?"

초류향은 미소 지었다.

그 미소는 그 어느 때보다도 잔인했다.

"제가 오늘 안에 그자의 행방을 찾지 못한다면 당신은 물론이고, 천태악 가주도 살려 드리지요. 이번 일은 그냥 여기서 덮겠습니다. 하나 찾게 된다면 당신은 지금의 선택에 책임을 지셔야 합니다."

이것은 도박이다.

도박은 쫄면 지는 것이다.

천자후는 애써 흔들리는 자신의 마음을 그렇게 부여잡았다.

"그렇게 하지요."

"제가 찾는다면 천씨 세가는 이 세상에서 지워질 겁니다."

천자후가 약간 달아오른 얼굴로 고개를 끄덕일 때, 그때까지 조마조마하게 듣고 있던 천태악이 급하게 나섰다.

"이놈! 그냥 말씀해 드리거라."

천태악이 판단하기에 지금 이 내기는 대단히 위험했다.

그냥 몇 명의 목숨으로 마무리 짓는 것이 가장 조용하고 깔끔하지 않은가?

소교주는 어렸지만 그 능력이 어디까지 닿아 있는지 알 수가 없는 괴물이었다.

'이놈아…… 이 어리석은 놈아, 네놈의 혈기가 모든 것을 망쳤다.'

뒤늦게 천태악이 나서 보려 했지만…… 이미 화살은 시위를 떠났다.

초류향의 눈빛이 차갑게 변한 것이다.

*　　　*　　　*

"지내기는 좀 어떠십니까?"

"나쁘지 않구먼."

척계광은 팔다리에 매어져 있는 붕대를 힐긋 보며 자신을 찾아온 주호유에게 말했다.

"그대는 지낼 만한가?"

"저도 나쁘지는 않습니다."

"좋지도 않다는 말이로구먼."

"예. 딱히 좋지도 나쁘지도 않네요."

"따지고 보면 사실 그게 가장 안 좋은 것이라네."

척계광의 말에 주호유는 어색하게 웃었다.

"그래도 다행입니다. 장군님의 치료가 잘 끝나서. 여기 와서 그거 하나는 건지네요."

척계광은 말없이 고개를 끄덕였다.

천마신교의 저력은 과연 대단했다.

상처 부위를 완치시키진 못했지만 비틀리고 끊어진 근육을 거의 본래에 가깝게 뜯어 붙였던 것이다.

물론 새로 상처 부위를 칼로 째고 영약으로 만든 연고를 덕지덕지 바르긴 했지만.

"한데 단전은 역시 가망이 없답니까?"

"그것까지 바라면 욕심이 과한 거겠지."

척계광은 기지개를 펴며 웃었다.

몸이 예전처럼 회복되는 것은 불가능했다.

그래도 이것이 어딘가?

"그래도 좀 기다려 보면……."

"지금은 내 두 다리로 직접 걸을 수 있다는 것만으로도 만족하네."

선우조덕은 정말 대단했다.

완전하게 손상되어 끊어져 있던 근육을 대략적으로나마 사용할 수 있게 만들어 준 것은 물론이고, 단전을 치료하기 위한 특별한 약까지 조제해 주었다.

'효과는 미지수라고 했지만…….'

척계광은 느긋하게 마음먹기로 했다.

단전의 회복은 되면 좋은 일이고, 안 되더라도 욕심을 부리지 않을 생각이었다.

선우조덕의 말에 따르면 단전은 깨어졌지만 본래 가지고 있던 막대한 내력이 전신 경락 곳곳에 스며들어 있는 상태라고 한다.

'잃어버린 것도 아니고 단지 쓰지만 못하는 거라면야…….'

적어도 무병장수는 하지 않겠는가?

척계광이 그렇게 생각하며 위안 삼고 있을 때.

주호유가 말했다.

"천마신교도 황실 못지않게 복잡한 모양입니다."

"그렇겠지."

"그 아이가 이곳에 돌아오면 곧장 교주 즉위식을 할 줄 알았는데 그것도 아닌 모양이었습니다. 여기도 권력 다툼이라는 게 있더군요. 무림이라는 곳도 별 다를 바가 없는 곳 같습니다."

주호유의 푸념 섞인 말에 척계광은 너털 웃으며 말했다.

"인간사 어딜 가든 아귀다툼이 없는 곳이 있겠나? 이미 지나간 일이지만 나 역시 그래 왔고, 다들 그렇게 아등바등 살아가는 걸세."

주호유는 고개를 끄덕였다.

척계광은 정치에 그다지 나서지 않는 사람이었지만 아예 신경을 쓰지 않는 것은 아니었다.

그 역시 대장군의 자리까지 올라가기 위해 어느 정도 정치적인 대응을 하기도 했던 것이다.

척계광이 생각에 잠겨 있을 때 주호유가 뒷머리를 어색하게 긁적이며 입을 열었다.

"저는 앞으로 어떻게 해야 할지 잘 모르겠습니다. 장군께서 조언을 좀 해 주십시오."

"간단한 거 아닌가? 자네는 여기 소교주라는 아이를 도와줘야지."

"제가요?"

"자네가 아니면? 다 늙어빠진 내가 할까?"

척계광의 어처구니없다는 말에 주호유는 순간 멍한 얼굴을 해 보였다.

그러다 문득 정신을 차리며 말했다.

"저야 그렇다 치고, 그럼 장군께서는 이제부터 뭘 하실 겁니까?"

"나도 지금부터 그걸 생각해 볼까 하네."

"예? 지금부터요?"

"그렇네. 지금부터 생각해 볼 참이야. 언제까지 놀고먹을 수는 없는 노릇이니까."

그동안 너무 바쁘게 보내 왔다.

잠깐은 휴식을 취하고 싶었지만 아무래도 팔자가 사나운 것인지 고작 그거 쉬었다고 좀이 쑤셨다.

무언가 해야 할 일을 찾아야만 했다.

이렇게 아무런 목적도, 목표도 없이 살아 숨만 쉬는 건 척계광 인생에서 처음 있는 일이었으니까.

'과연 이 몸뚱이로 내가 할 수 있는 일이 있을까?'

과거처럼 천하를 호령할 수는 없었다.

그러기엔 자신은 너무 늙었고, 몸도 정상이 아니었다.

곰곰이 고민하고 있던 척계광은 몸을 쓰지 않고 할 만한 일을 떠올리기 시작했다.

그러자 조금쯤 해답이 보이기 시작했다.

'병법서나 써 볼까…….'

척계광은 자신이 그동안 군부에 몸을 담으면서 느꼈던 바를 잘 정리해서 하나의 병법서로 정리할 필요성을 느꼈다.

그 생각이 떠오르자마자 머릿속에 여러 가지 내용이 차곡차곡 쌓여 가기 시작했다.

그때 주호유가 말했다.

"아무튼 그 아이를 만나러 가 봐야겠군요."

"소교주 말인가?"

"예. 확실하게 해야겠죠, 아무래도."

도움을 받았으니 당연히 은혜를 갚아야 했다.

주호유는 소교주를 위해서 자신이 할 수 있는 일이 있다면 얼마든지 도울 생각이었다.

'게다가…….'

강호에는 소교주가 진법이나 무공을 극성으로 익히고 있다고 소문이 나 있었지만 주호유는 알았다.

초류향이 궁극적으로 익히고 있는 것은 산법이었다.

무공과 진법은 곁다리로 얻게 된 것일 터.

그랬기에 주호유는 그 아이와 좀 더 많은 대화를 하고 싶었다.

'조기천 선생님의 제자라…….'

얼마나 깊게까지 산법을 궁구(窮究, 깊게 연구함)했을까?

그 아이와 산법으로 대화할 것을 생각하니 과거에 조기천 선생을 만났을 때 느꼈던 떨림이 다시금 전신에 맴돌았다.

'그런데 대체 어딜 가야 그 아이를 볼 수 있는 거야?'

생각난 김에 바로 만나러 가고 싶었다.

그래서 주호유는 초류향을 찾기 위해 움직이기 시작했다.

*　　*　　*

초류향은 천자후를 바라보았다.

본래 초류향은 사대 세가 전부에 징계를 내리려고 했다.

수뇌부를 모두 물갈이할 생각이었던 것이다.

그러나 지금은 그 생각이 완전하게 바뀌었다.

'천씨 세가에 징벌을 내린다.'

사대 가문.

그들은 천마신교가 기틀을 잡을 때 아주 중요한 역할을 한 가문들이었고, 대대로 막강한 영향력을 행사해 온 천마신교의 기둥이었다.

'기둥이 썩었으면 도려내야겠지.'

그럼 과연 어느 정도까지 도려내야 할까?

초류향은 그것을 생각하면서 천천히 천자후와 눈을 마주쳤다.

이번 기회에 가장 확실한 본보기가 필요했다.

초류향은 냉혹하게 웃으며 머리 위쪽으로 붉은색 눈을 띄웠다.

'심연술.'

초류향은 천자후의 눈을 똑바로 바라보았다.

다른 사람의 정신에 직접적으로 영향을 끼칠 수 있는 술법이 바로 심연술이다.

초류향이 이것을 본격적으로 사용해 보는 것은 이번이 처음이었다.

'아니군, 과거 화령에게도 썼던 적이 있었다.'

그동안 명령을 따르며 수동적으로만 살아왔던 화령이었다.

그녀에게 '살고 싶다'라는 인간의 가장 원초적인 본능을 강제로 일깨워 준 것도 심연술로 하지 않았던가?

죽으려고 생각하던 그녀를 살렸던 것처럼, 심연술은 타인의 정신에 매우 강력한 영향력을 발휘하는 술법이었다.

그것은 천자후에게도 곧장 효과를 발휘했다.

'뭐지?'

천자후는 초류향의 눈에서 희미한 붉은빛이 어른거린다고 생각했다.

그 순간 머리가 멍해지며 전신이 으슬으슬 떨려 왔다.

등에는 식은땀이 흘렀으며 입안이 바짝바짝 말랐다.

천자후가 그렇게 심연술의 마력에 사로잡혀 갈 때.

곁에서 지켜보던 천태악은 깜짝 놀란 얼굴을 해 보였다.

'교주와 같은 눈이다.'

저것이 무엇인지는 그도 정확하게 몰랐다.

단지 엄청나게 위험한 술법이라는 것만큼은 알았다.

공손천기가 어쩌다 한 번씩 보여 주던 술법이 아니던가?

'저 짐승의 눈을 소교주가 익히고 있다?'

천태악의 본능이 이것은 정말 위험하다고 강하게 경고해 왔다.

때문에 천태악은 본인의 상황도 잊고 소교주를 방해하기 위해 움직이려 했다.

하지만.

턱—

곁에 있던 운휘가 한 걸음 나서서 그의 등을 강하게 찍어 눌렀다.

"크!"

"잠시만 이대로 가만히 있어 주셔야겠습니다."

"이, 이놈……."

쿠그그그—

반항을 하려 했지만 전신을 내리누르는 엄청난 압박감에 움직일 수 없었다.

천태악의 얼굴이 하얗게 질릴 때.

운휘는 속으로 고개를 끄덕였다.

'몸은 거의 완치가 되었다.'

선우조덕이 준 약의 효과가 정말 컸다.

스스로도 어느 정도 회복이 되었다 여겼지만 이건 기대 이상이었다.

때문에 초류향을 방해하려는 천태악을 적절하게 막아설 수 있었다.

천태악은 억류된 상태로 재빨리 전음을 날렸다.

『빨리 일어나서 천자후의 눈을 가려라! 어서!』

천둥처럼 큰 소리의 전음.

구석에 찌그러져서 오들오들 떨며 눈치만 살피고 있던 천씨 세가의 식솔.

천류환이 천태악의 전음에 움찔 몸을 떨었다.

그는 겁먹은 얼굴로 천태악을 바라보았다.

천태악이 곧장 험악한 얼굴로 재촉했다.

『어서 하란 말이다! 이 멍청한 놈아!』

천류환이 머뭇머뭇하면서도 천천히 이동했다.

그 앞을 막은 것은 한쪽 소매가 바람에 덜렁거리는 엄승도였다.

"왜? 뭐하려고?"

"그게……."

엄승도는 하얗게 질린 얼굴을 하고 있는 천류환을 바라보며 히죽 웃었다.

"여기서 개죽음당하고 싶지 않지? 응?"

"……."

"그럼 가만히 있는 게 신상에 좋을 거야. 늙다리 말에 목숨을 걸 필요는 없지."

천류환이 석상처럼 굳어서 멈춰 버리자 천태악은 초조한 얼굴로 혀를 찼다.

엄승도는 자신을 바라보고 있는 운휘를 보며 살짝 고개를 끄덕였다.

그도 눈치를 챘던 것이다.

지금 초류향이 천자후에게 무언가 하고 있다는 것을.

'상대방의 심령을 제압하는 고도의 술법.'

엄승도는 과거 공손천기가 가끔 보여 주었던 그것을 떠올렸다.

설마 초류향이 공손천기의 그 술법마저 익혔을 줄은 몰랐지만 어찌 되었건 일은 이제 끝난 것과 다름이 없었다.

'저것은 절대로 막을 수 없다.'

상대방이 술법을 쓴다는 걸 알아도 막기 어려운 판에 천자후는 아무것도 모르는 채 정면으로 당하지 않았는가?

그럼 저항할 수 없었다.

확실히 지금 천자후는 약간 몽롱한 상태가 되어서 주변을 둘러보고 있었다.

'여긴 어디지?'

희뿌연 안개가 가득한 곳에 홀로 서 있던 천자후는 불현듯 불안한 얼굴이 되었다.

그리고 곧장 어딘가로 빠르게 달려갔다.

'헉, 헉헉.'

소교주가 찾지 못하는 곳에 영감을 숨겨 놓았다.

하지만 불안했다.

그놈의 자신만만함이 신경 쓰였던 것이다.

'확인해야 해.'

천자후는 서둘러 몸을 날렸다.

이윽고 그는 영감을 숨겨 두었던 장소에 도착했다.

사방이 무덤으로 가득한 곳.

천마신교에서 죽은 사체들을 모아 처리하는 유해 처리장이 아닌가?

천자후는 그곳을 두리번거리다가 어떤 장소에서 걸음을 멈췄다.

그리고 바닥에 있는 문고리를 잡아챘다.

드르륵—

아무것도 없었던 곳에 거대한 입구가 드러났다.

그곳은 무덤 안으로 통하는 길이었고, 천자후가 오랜 시간 공들여 만들어 놓은 일종의 비밀 기지였다.

이곳에 바로 화령을 독인으로 만든 기술자가 있었다.

안으로 한참 걸어 내려가던 천자후는 갑자기 얼굴을 와락 찌푸렸다.

'그런데 내가 왜 여기에 있지?'

어떻게 하다가 이곳에 있게 된 것일까?

자신은 분명 별장에서 소교주와 마주하고 있었는데?

왜 이곳에 있는 것이지?

기억을 더듬어 보려는데 머리가 욱신거리며 아파 왔다.

"으음……."

천자후가 두 손으로 머리를 쥐어뜯고 있을 때.

그의 앞에 누군가가 불쑥 나타났다.

"아무래도 이곳에 숨겨 두었나 보군."

"……!"

천자후는 자신 앞에 나타난 소교주를 보며 비명을 지를 만큼 놀라 버렸다.

"대, 대체 어떻게?"

"그쪽이 안내해 주지 않았나?"

"내가? 언제……."

천자후는 말을 끝까지 잇지 못했다.

방금 전에 자신이 이곳으로 뛰어오지 않았던가?

그럼 소교주는 그런 자신을 따라온 것인가?

평소라면 이런 멍청한 짓은 절대로 하지 않았을 것이다.

거기까지 생각하자 갑자기 머리가 핑글핑글 돌기 시작했다.

어지럽고 속이 메스꺼웠다.

"우웩!"

천자후는 바닥에 구역질을 했다.

동시에 주변의 장면들이 산산이 부서져 나가기 시작했다.

'이건…….'

눈앞이 흔들리고 갑자기 주변이 뿌옇게 되었다가 밝아졌다.

그리고 다시 시야가 선명해졌을 때.

천자후는 자신도 모르게 딸꾹질을 했다.

그는 별장에서 한 발자국도 벗어나지 않고 있었다.

'그럼 방금 그것은 뭐였지? 꿈?'

얼떨떨한 얼굴로 눈을 깜빡이던 천자후는 주변을 둘러보며 고개를 갸웃거렸다.

방금 그건 꿈이라고 하기엔 너무도 생생하지 않았던가?

그럼 대체 무엇이지?

그때.

정면에 앉아 눈을 감고 있던 초류향의 입가에 가느다란 미소가 그려지기 시작했다.

"고맙다. 덕분에 원하던 것을 찾을 수 있었으니."

원하던 것을 얻었다?

천자후의 얼굴이 딱딱하게 굳어 갈 때.

초류향은 자리를 털고 일어섰다.

"직접 확인하는 게 좋겠지."

불길한 느낌.

천자후의 동공이 불안하게 흔들리기 시작했다.

第二章

막수의 하루 일과

'내가 왜 이런 짓까지 해야 하지?'

새하얀 털빛의 토끼.

막수는 언덕에 숨어서 아래를 내려다보며 깊은 한숨을 내쉬었다.

'그 망할 놈의 내기 바둑 때문에 이게 무슨 꼴이람.'

여기까지 오는 내내 몇 번이고 후회를 해 보았지만 소용이 없었다.

초류향.

그 악마 같은 자식은 정말 인과율에 어긋나지 않는 소원을 자신에게 말했고, 한번 약속한 이상 막수는 그것을 거절할 수 없었다.

"공손아리를 보호해 줘."

초류향이 말한 소원.

이것은 약간 표현이 애매모호하긴 했지만 인과율에 크게 위배되지는 않을 정도였다.

그래서 문제였다.

'으으, 귀찮아.'

저 노란 머리를 한 인간 계집애와 그 수신이비라는 것들은 매일매일 희희낙락하며 쏘다니기를 좋아했다.

북적거리는 시장통은 물론이고, 각 지역의 명승지란 명승지는 죄다 돌아다니고 있었던 것이다.

덕분에 숨어서 따라다니고 있는 막수는 아주 죽을 맛이었다.

그냥 단순하게 사람들의 시선을 피해 다니는 거라면 별문제가 없었다.

겉으로 보기에 막수는 평범한 토끼로 보이니까.

하나 지금 막수를 힘들게 하는 문제는 이런 게 아니었다.

[어디에서 오신 분이십니까?]

막수는 얼굴을 찡그리며 고개를 돌렸다.

그러자 건물 구석에서 작은 뱀 한 마리가 고개를 빼꼼히 내밀고 그를 바라보고 있었다.

'또냐?'

각 지역마다 그 구역을 담당하는 토지신(土地神)이 있다.

이놈들은 그 지역을 담당하며 온갖 잡것과 부정한 것들을 쫓아내

는 역할을 한다.

과거에 막수가 야차왕(夜叉王, 요괴왕)이었을 때.

그때는 왕의 권능이라는 것이 있었으니 지상의 어딜 가든 딱히 상관이 없었다.

각 지역을 관장하는 놈들이 알아서 복종해 왔으니까.

하나 그 힘을 잃어버리자 너무 번거롭고 귀찮은 일들이 생겼다.

'별 허접스러운 놈들이…….'

그 지역의 담당자라는 놈들이 일일이 나타나 그를 확인하기 시작한 것이다.

생각 같아서는 귀찮게 하는 족족 전부 다 밟아 버리고 떠나고 싶었지만 그랬다가는 일이 너무 커지게 된다.

[편목이라는 이름을 기억하느냐?]

[편목이요?]

작은 뱀은 고개를 몇 번 갸웃거리더니 곧 절레절레 저었다.

[처음 듣는 이름입니다만? 통행증은 받아오셨는지요?]

막수는 앞발로 자신의 턱을 긁적이며 한숨을 내쉬었다.

일이 이렇게 진행되면 피곤해진다.

편목이라는 이름은 천 년 전에나 통했던 이름이다.

이제 막 요괴가 되거나 토지신이 된 놈들은 그 이름을 기억하지 못하는 것이다.

[잠깐 볼일이 있어서 여기를 지나가는 중이니 너는 신경 쓰지 않아도 된다.]

막수는 그렇게 말하며 앞발로 저리 가라는 시늉을 해 보였다.

작은 뱀의 얼굴 위로 단박에 불쾌함이 떠올랐다.

[곤란하군요. 사전에 연락도 없었고, 윗분들의 허락도 없으면 여기서는 제 말을 따라 주셔야겠습니다.]

우웅—

막수는 자신을 옥죄어 오는 힘에 한숨을 내쉬었다.

이 구역의 주인은 저놈이다.

개도 자기 집에서는 반은 먹고 들어간다는 말처럼, 저놈도 이 구역에서는 제법 막강한 힘을 자랑할 수 있는 것이다.

'하지만 그것도 어느 정도껏 차이가 나야지…….'

애초에 힘의 차이가 이렇게 압도적이면 별 소용이 없었다.

막수는 번거로움을 피하기 위해 저항도 하지 않고 순순히 자신을 구속하려는 힘을 받아들였다.

시퍼런 불꽃을 내뿜는 쇠사슬.

저것은 아마 힘을 억누르는 구속력을 가지고 있을 것이다.

여기에서 끝나겠거니 싶어서 막수가 두 눈 멍하게 뜨고 그것을 지켜보는데 저놈이 욕심을 부렸다.

촤라락—

쇠사슬이 전신에 칭칭 감기고 나자 놈이 입을 열었다.

[제가 당신에게 남의 집을 찾아갔을 때 보여야 하는 기본적인 예의를 가르쳐 드리겠습니다.]

작은 뱀은 스스로의 힘이 통하자 자신감이 붙은 모양이었다.

그래서 혓바닥을 연신 낼름거리며 막수의 작은 몸을 꼬리로 때려 갔다.

작았던 뱀의 몸체가 순식간에 이무기의 그것처럼 커지더니 꼬리가 막수의 몸통을 찍어 왔다.

'거참…….'

이 어이없는 광경에 막수는 헛웃음을 흘리다가 순순히 놈의 꼬리짓에 한 방 맞아 주었다.

퍼억—!

[헉?]

막수를 때린 작은 뱀은 순간 엄청난 고통과 함께 퉁퉁 부어오르는 꼬리를 보며 크게 당황했다.

공격을 들어간 그가 오히려 고통을 당하는 것이다.

[여기까지만 하자, 꼬맹아. 이 어르신 되게 바쁘니까 그만 신경 끄고. 최대한 조용히 지내고 싶으니까 그만하자. 응?]

작은 뱀은 막수의 말을 듣고 순간 움찔하며 뒤로 물러섰다.

쇠몽둥이도 나무젓가락처럼 부수는 자신의 일격을 맞고도 멀쩡한 토끼라니?

그것도 남의 영역에서 저런 힘을 보인다는 것이 어디 가당키나 한 일인가?

이것은 상대방이 가진 힘이 얼마나 큰지를 보여 주는 증거였다.

'어쩌면 엄청나게 강력한 요괴일지도 몰라.'

등에서 식은땀이 절로 났다.

작은 뱀이 숨소리조차 죽이고 구석으로 조용히 찌그러질 때쯤.

막수가 갑자기 서둘러서 이동하기 시작했다.

전신의 움직임을 구속하는 쇠사슬 따위는 아랑곳하지 않고 빠른 속도로 이동했던 것이다.

작은 뱀은 그 황당한 장면을 가만히 지켜보다가 문득 저 토끼가 어떤 인간 계집들을 따라서 이동한다는 사실을 눈치챘다.

작은 뱀은 막수를 따라가며 조용하게 입을 열었다.

[제가 도와 드릴 일은 없겠습니까? 어르신.]

막수는 자신에게 갑자기 공손하게 대하는 작은 뱀을 바라보다가 입을 열었다.

[날 붙잡고 있는 이 힘이나 좀 풀어 줘. 번거로우니까. 내가 강제로 풀면 너 다치잖아?]

작은 뱀은 막수의 배려심에 크게 감격했다.

그래서 서둘러 말했다.

[알겠습니다. 지금 당장 풀어 드리겠습니다.]

파캉—

막수를 속박하던 쇠사슬이 사라졌다.

그러자 막수는 고개를 끄덕이며 작은 뱀에게 고맙다는 눈짓을 해 보였다.

[한 가지 충고하겠는데, 아무에게나 네 힘을 보이지 마라. 뒈지고 싶지 않으면.]

[옙.]

[오늘 이 어르신 기분이 조금만 더 거지 같았으면 넌 죽었을 거야. 알지?]

으스스한 말투.

작은 뱀은 작게 몸서리치며 헤프게 웃어 보였다.

[헤헤, 그럼요, 어르신. 제가 토지신이 된 지 얼마 안 돼서 그만…….]

[앞으로 편목…… 아니, 막수라는 이름 꼭 기억하고. 알아서 기어.]

[항상 명심하겠습니다, 어르신.]

[가 봐.]

작은 뱀은 꼬리를 살랑살랑 흔들다가 그 자리에서 사라져 갔다.

막수는 그 뒤로도 한동안 공손아리를 따라 이동하다가 입을 열었다.

[젠장, 얼마나 더 싸돌아다니려는 거야?]

그녀들은 쉬지 않고 지역을 넘어 다녔다.

인간들 눈에는 보이지 않겠지만 일정한 경계선이 사방에 있고, 그 경계선 너머의 지역으로 가면 새로운 토지신이 있다.

그것이 지금 막수를 매우 번거롭게 만들었다.

[넌 어디서 온 놈이냐?]

[…….]

저 멀리 보이는 작은 새 한 마리가 막수를 노려보며 질문을 던져왔다.

막수는 그 건방진 시선을 바라보다가 한숨을 내쉬며 말했다.

[니 혹시 편목이라는 이름 들어 봤냐?]

작은 새는 몇 번 고개를 갸웃거리다가 입을 열었다.

[그런 이름은 모른다. 통행증은 있나?]

[……이런, 썅!]

하루 종일 자기 자신을 설명하면서 돌아다니는 일.

그것이 요즘 막수의 하루 일과였다.

*　　*　　*

초류향은 묵묵히 걸음을 옮겼다.

그 뒤를 잔뜩 죽을상을 하고 있는 천자후와 불안한 얼굴의 천태악이 쫓고 있었다.

『어떻더냐?』

『……좋지 않습니다.』

『맞는 길이더냐?』

『예. 지금 소교주는 정확하게 제가 그 영감을 숨겨 둔 방향으로 가고 있습니다.』

천태악의 얼굴이 일그러졌다.

어떻게 손을 쓸 수가 없었던 것이다.

이대로라면 꼼짝없이 세가가 몰살당하게 생겼다.

'최대한 빨리 세가에 연락해서 일부라도 외부로 대피시켜야 한

다.'

하나 그럴 틈도 없어 보였다.

천태악의 입술이 바짝바짝 말라 갈 때.

초류향은 망설임 없이 걸어가서 걸음을 멈췄다.

그가 멈춰 선 곳은 천마신교에서 시체들을 처리하는 곳.

화장터였다.

"거의 다 왔군요."

"……."

천마신교는 대대로 불을 자신들의 상징물로 삼았다.

영혼을 깨끗하게 하고, 최종적으로 온 세상을 구원할 것이 바로 지고지순하고 순수한 불꽃이라고 생각한 것이다.

아무래도 종교적인 의미가 강한 무림 단체였기에 천마신교 곳곳에는 그 흔적들이 많이 남아 있었다.

화장터 역시 마찬가지였다.

사대 세가의 고위 수뇌부들을 제외하고 나머지 대다수의 교도들은 이곳에서 유해를 처리했다.

영원한 안식을 취하려는 것이다.

"들어가 봅시다."

초류향은 입구에 서 있는 문지기들을 스쳐 지나가며 천천히 천자후가 보여 주었던 꿈속의 장면들을 되새겨 보았다.

'여기서 오른쪽…….'

천자후 본인은 모르고 있겠지만 그는 당시에 누구보다도 상세하게 위치를 알려 주었다.

때문에 초류향이 그곳을 찾아가는 데에는 전혀 어려움이 없었다.

머릿속에 떠오르는 장면들을 뒤쫓아 어딘가로 향하자 사대 세가의 무덤들이 모여 있는 곳이 나왔다.

이곳이었다.

여기 이 장소에서 천씨 세가의 무덤이 몰려 있는 곳만 찾으면 되는 것이다.

천천히 사방을 살펴보던 초류향은 바닥을 쓸면서 앞으로 걸었다.

그러자 무성하게 자란 잡초들 사이에서 무언가가 그의 발끝에 걸렸다.

아주 미묘한, 신경 쓰지 않았다면 몰랐을 만큼의 작은 돌부리.

초류향은 그것을 손에 쥐고 위로 잡아당겼다.

드드득—

그 모습을 지켜보고 있던 천자후의 얼굴이 새하얗게 변했고, 천태악 역시 마찬가지로 죽을상을 지었다.

"소교주님!"

"……."

초류향은 천자후의 부름에 대답하지 않았다.

그저 천천히 열리는 바닥을 응시하고 있을 따름이었다.

그러자 천자후가 결국 자존심을 굽히며 바닥에 무릎을 꿇었다.

그리고 애절하게 말했다.

"소교주님, 제가 잘못했습니다. 부디 한 번만 기회를…… 기회를 주십시오."

초류향은 천자후를 물끄러미 바라보았다.

그리고 입을 열었다.

"나는 분명 기회를 드렸습니다."

초류향은 냉정하게 말하며 열려 있는 바닥 문을 응시하다가 입을 열었다.

"그 기회를 차 버린 것은 당신입니다."

"……."

천자후는 얼굴을 일그러뜨리며 바닥에 이마를 찧도록 엎드렸다.

그리고 말했다.

"제가 어리석었습니다. 부디 자비를 베풀어 주십시오."

천자후의 말에도 초류향은 묵묵부답이었다.

그저 바닥으로 내려가는 계단을 바라보다 느릿하게 걸음을 옮길 뿐이었다.

이곳은 천씨 세가에서 비밀리에 만들어 놓은 곳이었고, 그렇기 때문에 안은 미로처럼 복잡했다.

하지만 천자후는 그 미로처럼 복잡한 곳이 초류향에게 그 어떤 장애물도 되지 못한다는 것을 알았다.

이제야 초류향의 능력이 어느 정도인지 실감한 것이다.

계단을 밟고 아래로 내려간 초류향은 완벽한 어둠이 가득한 그 미로 속을 살펴보며 앞으로 걸었다.

이곳 어딘가에 반드시 그자가 있을 것이다.

화령을 독인으로 만들었고, 그녀를 치료해 줄 수 있는 유일한 자가.

“다들 이곳에서 기다리십시오. 저 혼자 다녀오지요.”

초류향은 그렇게 명령을 내리고 혼자서 내려갔다.

화령을 원래대로 돌릴 수도 있다는 작은 희망을 품고 미로 속을 홀로 걷기 시작한 것이다.

길은 알지 못했다.

하지만 이곳에 있는 그 어떤 위험도 초류향에게는 위협이 되지 못할 것이다.

그리고 그건 사실이었다.

초류향은 아무것도 보이지 않는 짙은 어둠속을 대낮을 걷는 것처럼 거침없이 걸어가며 곳곳에 설치된 함정들을 무난하게 피해 갔다.

쿠르릉—

간혹 바닥이 갑자기 꺼지거나, 사방에서 독이 발린 암기들이 쏟아져 나왔지만 초류향에게는 전혀 문제가 되지 않았다.

머리털 하나 상하지 않고 그 미로를 돌아다니던 초류향은 한참이 지나도록 바깥으로 나오지 않았다.

그러다 마침내 바깥으로 나왔을 때.

초류향은 의외로 빈손이었다.

초류향은 의아한 얼굴로 자신을 바라보고 있는 사람들을 보며 입을 열었다.

"아무도 없습니다."

"예?"

"이 안에는 아무도 없었습니다."

"……!"

천자후와 천태악의 얼굴이 일순간 기묘하게 변했다.

그러다 초류향이 한 말이 무슨 뜻인지 알아채고는 만면에 화색을 띠었다.

"그, 그 말씀은……?"

초류향이 약간은 복잡한 눈빛으로 그들을 바라보다가 고개를 끄덕였다.

"약속했으니 지키도록 하겠습니다. 이번 일은 여기서 덮어 드리지요."

쿵—!

천자후는 바닥에 이마를 찧을 정도로 크게 절을 하며 말했다.

"소교주님이 베푸신 태산과 같은 은혜, 천씨 가문은 절대로 잊지 않겠습니다."

초류향이 천자후의 말을 듣고 씁쓸한 얼굴을 해 보였다.

그렇게 사대 세가를 다 박살낼 것처럼 열을 내 놓고 실제로는 아무것도 얻은 것이 없었다.

꼴이 우습게 된 것이다.

하나 한번 내뱉은 말은 지켜야 한다.

"전 은혜를 베풀지 않았습니다. 그저 약속을 지켰을 뿐."

하지만 천자후는 고개를 저었다.

"아닙니다. 이것은 분명히 은혜입니다. 힘 있는 자가 약속을 지키는 것은 대단히 어려운 일이니까요."

제법 뼈가 있는 말이었다.

그리고 그것에 초류향은 공감했다.

힘을 지닌 자가 횡포를 부린다면 그것을 막을 수 있는 방법은 거의 없었다.

천태악 역시 초류향에게 절을 하며 입을 열었다.

"천씨 세가는 앞으로 소교주님의 충실한 심복이 될 것임을 약속드립니다."

"……일어나십시오."

초류향은 천천히 몸을 일으키는 그들을 보니 마음이 조금 불편해졌다.

아무래도 이번 일을 너무 일을 쉽게 생각했던 모양이다.

"영감은 저희 가문에서 빠르게 찾아서 대령하겠습니다."

초류향은 고개를 끄덕였다.

이번 일이 이렇게 되어 버린 것은 초류향이 심연술을 너무 신용했기 때문이었다.

'어디에서 문제가 생긴 것일까?'

천자후의 마음에다가 심연술로 직접 물어본 것이기 때문에 거기에 거짓이 있을 수는 없었다.

그렇다는 말은 천자후조차 모르는 어떤 일이 발생했다는 말이 된다.

'설마 도망친 건가?'

초류향은 거기까지 생각하다가 허탈한 웃음을 입가에 그렸다.

아마도 그 기술자라는 사람은 이곳에 있는 것도 불안했던 모양이다.

그래서 천자후도 모르게 어딘가로 도망을 친 것 같았다.

그러니 이곳에서 그를 찾을 수가 없었던 것이다.

'너무 성급했다.'

이제 와서 후회해 봐야 너무 늦었다.

매번 겸손하고 신중하게 일을 처리하려고 노력하지만 이런 식으로 예상치도 못한 허점이 생기곤 했다.

초류향은 한숨을 내쉬며 천천히 걸었다.

아직도 배워야 할 것이 너무나도 많았다.

이번 일은 초류향에게 꽤나 뼈아픈 교훈을 남겨 주었다.

'스승님이 존경스러워지는군.'

그의 스승님이었던 공손천기도 이러한 일들을 겪었을까?

그라면 어떻게 이 모든 난관들을 극복했을까?

잠시 스승님의 자신만만한 모습을 떠올리며 초류향은 입가에 쓴 웃음을 그렸다.

'스승님이 얼마나 대단한 사람인지 다시 한 번 깨달았습니다.'

자신은 아직 부족했다.

그것도 아주 많이. 앞뒤 상황과 여러 가지 주변 정황들을 고려해서 올바른 판단을 내리는 것에 미숙했다.

아무래도 시간이 흐르면서 조금 더 많은 경험과 연륜이 쌓여야 할 것 같았다.

초류향이 그렇게 허허로운 느낌으로 숙소로 돌아가고 있을 때.

저 멀리서 누군가가 그에게 다가왔다.

'주호유?'

무슨 일일까?

주호유의 곁에 동행하고 있는 자는 전혀 의외의 인물이었다.

'선우초린?'

초류향이 이 어울리지 않는 조합에 몇 번 눈을 깜빡이는 사이.

두 사람은 빠른 속도로 가까워졌다.

자신과 가까워질수록 환하게 웃는 주호유에게 초류향은 알은체를 해 주었다.

"무슨 일이라도 있으셨습니까?"

"자네를 만나려고 왔지."

"저를요?"

"그렇지. 여기 계신 이 아름다운 분이 친절하게 여기까지 안내해 주셨네."

초류향이 주호유를 바라보다가 시선을 선우초린에게로 돌렸다.

그러고 보니 얼마 만에 보는 것일까?

그녀는 여전히 도도하면서도 길들여지지 않은 오만한 눈빛으로 초류향을 바라보다 정중하게 읍을 해 보였다.

"이화궁주 대리가 소교주님을 뵙니다."

"이화궁주 대리?"

이것은 또 무슨 말인가?

천마신교를 비운 사이 내부에서 무언가 자리 이동이 있었던 모양이다.

"예. 백소천 궁주님께서는 지금 은퇴를 준비 중이십니다. 그래서 제가 과분한 임무를 맡고 있습니다."

아마도 궁주 자리를 물려받는 모양이었다.

초류향이 새삼스럽다는 얼굴로 선우초린을 바라볼 때.

주호유가 입을 열었다.

"자네는 나를 대체 어떻게 써먹을 생각인가?"

"……그걸 물어보려 절 찾아오신 겁니까?"

"나에게는 굉장히 중요한 문제일세."

주호유는 정말 진지한 얼굴로 초류향을 바라보았다.

그러고 보니 이 백면서생의 입장에서는 정말로 중요한 질문을 던진 셈이다.

초류향은 주호유를 물끄러미 보다가 입을 열었다.

"주 학사님의 실력은 돌아가신 조기천 스승님께서도 인정하셨던 적이 있지요. 그런 사람이 제 적이 아닌 것만으로도 저에게는 충분합니다."

"나에게는 충분하지가 않네."

"그렇다고 제 수하가 되실 수는 없지 않습니까?"

"물론이지. 하지만 힘을 보태 줄 수는 있네."

초류향은 주호유를 똑바로 바라보았다.

"아마도 저는 앞으로 수많은 사람들을 해치게 될 겁니다. 제가 가진 이기적인 정의를 위해서 그들을 죽음으로 몰아넣겠지요. 그래도 저를 도우시겠습니까?"

주호유는 초류향의 스산한 음성에도 전혀 기죽지 않았다.

오히려 그런 초류향을 바라보며 약간 애잔한 음성으로 입을 열었다.

"솔직하게 말하자면 나는 누가 죽는 것을 별로 원하지는 않지만…… 자네가 하겠다면 돕겠네. 기본적으로 그대가 악인이 아니라는 나의 판단을 믿기 때문이지. 자네가 바라는 세상이 많은 피를 흘려야 얻을 수 있다면 그리하게. 나는 단지 그 안에서 나만의 방식으로 피가 흐를 일을 줄여 보도록 할 테니."

초류향은 주호유의 말에 잠시 동안 그를 응시하며 생각에 잠겼다.

확실히 주호유라는 사람이 함께해 준다면 앞으로의 일에 상당히 많은 보탬이 될 것이다.

그는 황실에서 많은 숫자의 무인들을 다루어 본 경험이 있고, 전략 전술은 물론 진법에도 일가견이 있지 않은가?

상식적으로 생각하면 그런 자가 한 손을 거들어 준다는데 사양할 이유가 전혀 없었다.

그가 지닌 능력에 대한 의심은 없다.

'단지…….'

지금 초류향이 주호유의 제안을 단숨에 받아들이지 않고 망설이는 이유는 간단했다.

'이 사람에게는 필요할 때 잔인해질 수 있는 그런 비정함이 없다.'

과거에 주호유는 천하 사패와의 싸움에 천마신교를 이용하려 했다.

초류향이 조기천 선생님의 제자라는 사실을 모를 때 그랬다.

한데 천마신교에 조기천 선생님의 제자가 있다는 것을 알자 그는 모든 계획을 전면적으로 수정해서 은연중에 천마신교를 보호해 왔다.

이것은 주호유의 성향을 단적으로 보여 주는 증거였다.

'받아들여야 할까?'

그를 전적으로 믿고 일을 맡길 수 있을까?

앞으로 초류향이 교주가 된 후 강호에 펼쳐질 길은 피로 얼룩진 험한 길이 될 것이다.

초류향은 자신의 정의를 위해 천하 통일을 이루어 나갈 테고, 그 과정은 조금만 삐끗해도 천 길 낭떠러지로 굴러떨어질 위태로운 길일 테니까.

'잔인할 때는 충분히 잔인해져야 한다.'

그런 상황에서 내부의 사람이 결정적인 순간에 머뭇거린다면?

그에 대한 확실한 믿음이 없다면 일을 맡기기 어려웠다.

잠시 초류향이 고민하고 있을 때.

지켜보고 있던 엄승도가 조심스럽게 전음을 날렸다.

『제 개인적인 생각으로는 이자를 받아들이시는 게 좋을 듯합니다.』

아무래도 이유가 있을 듯싶어 초류향이 그를 슬쩍 바라보자 엄승도가 다시 전음을 보냈다.

『앞으로 소교주님께서 정말 천하 통일에 나서실 계획이시라면 우리 쪽에도 뛰어난 군사가 한 명쯤은 필요하지 않겠습니까?』

군사?

책략을 내고, 전략을 수정하는 그런 직책이 굳이 필요할까?

초류향은 의문을 가졌지만 굳이 말하지 않았다.

분명 묻지 않아도 설명해 줄 테니까.

과연 엄승도는 추가적으로 설명을 덧붙였다.

『저희와는 근본적으로 다른 생각을 하는 사람이 필요합니다. 무림인의 시각이 아닌 조금 다른 각도에서 보는 자가 해 주는 조언이 분명 도움이 될 때가 있을 것이라 사료됩니다.』

엄승도의 마지막 말에 초류향은 결국 미미하게 고개를 끄덕였다.

이것은 꽤나 결정적인 조언이었다.

"피를 적게 흘리기 위해 노력해도 좋습니다. 단지 제 목적을 분명하게 아셔야 할 겁니다."

주호유는 희미하게 웃었다.

이미 초류향이 고민하고 있을 때부터 그의 목적이 무엇인지 짐작하고 있었다.

"그대의 목적은 무림 통일이 아닌가?"

초류향은 고개를 끄덕였다.

무림 역사상 그 누구도 이루지 못했던 업적이다.

지나간 과거의 사람들이 수없이 많이 도전했지만 아무도 성공하지 못했다.

그런 것에 도전하려는 것이다.

"무림이라는 세계에 완벽한 하나의 질서를 만들 생각입니다. 단 한 가지의 색깔만이 있는 세상을 만들고, 그 안에서 가장 확고한 흐름으로 평화를 만들 생각입니다만……."

초류향은 슬쩍 웃었다.

"확실히 아무리 생각해 봐도 쉽지는 않을 것 같습니다."

주호유는 초류향의 말에 빙긋 웃으며 말했다.

"그것을 쉽다고 생각하고 있었다면 자네를 돕지 않았을 거야. 충분히 어려운 일이고, 불가능에 가까운 일이겠지. 그러니 그걸 분명하게 인지하고 있다면 오히려 성공할 수 있을 거라 생각하네."

지금 무림은 극도로 혼란스러웠다.

그리고 앞으로도 계속 혼란스러울 것이다.

끊임없이 다툼이 있을 것이고, 끊임없이 싸울 것이다.

그게 무림이니까.

초류향이 하려는 일은 그 세계를 하나로 통합하는 것이다.

'필요에 따라서는 수없이 많은 사람들을 죽여서라도…….'

초류향은 굳이 그 말은 바깥으로 꺼내지 않았다.

여기에 있는 모두가 알고 있을 테니까.

그때.

옆에서 줄곧 둘의 이야기를 가만히 듣고만 있던 선우초린이 앞으로 한 걸음 나섰다.

그녀는 조용하게 초류향을 바라보며 입을 열었다.

"소군주님이 없어졌습니다."

선우초린은 곧장 본론부터 꺼냈다.

사실 그녀는 겉으로는 태연한 척하고 있었지만 지금 속은 까맣게 타들어 가고 있었다.

하나 그녀는 바보가 아니었고, 자신의 직위에 따른 책임을 잊지 않았다.

때문에 보고를 하러 온 것이다.

"소군주님의 행방에 대한 단서가 전혀 없는 상황입니다만, 제가 직접 찾으러 가도 되겠습니까?"

초류향은 그녀의 눈을 바라보다가 고개를 저었다.

"그것은 허락할 수 없습니다."

"……어, 어째서 그렇습니까?"

왜 막는 것일까?

설마 막을 것이라고는 생각하지 못했기에 선우초린이 당황한 얼굴을 할 때.

초류향이 차분하게 입을 열었다.

"이화궁은 본 교의 핵심 전력입니다. 당연히 이화궁주도 핵심 전력이지요. 함부로 외부에 내보내 위험하게 둘 순 없습니다."

"그렇지만 이건 소군주님의 일입니다!"

그녀는 특별하지 않은가?

공손천기의 혈육이니까.

선우초린이 이해할 수 없다는 얼굴을 해 보일 때.

초류향이 냉정하게 입을 열었다.

"소군주의 상징성은 인정합니다. 하지만 그녀의 목숨이 당신의 목숨보다 더 중요하다고 할 순 없습니다. 지금 상황에서 최악의 경우가 벌어진다면 즉각 전력이 될 수 있는 선우 궁주의 목숨이 저에게는 더 소중합니다."

"……!"

선우초린이 놀란 눈으로 말을 내뱉지 못한 채 입만 뻐끔거릴 때.

초류향이 입을 열었다.

"그리고 소군주의 목숨은 걱정하지 마십시오. 저 역시 손을 써두었으니."

"……하면 소군주님이 천마신교를 떠날 것을 미리 알고 계셨다는 말입니까?"

이번에는 초류향이 입을 다물었다.

사실 공손아리가 떠날 것이라고 정확하게 짐작한 것은 아니었다.

단지 그녀가 신경이 쓰였고, 그녀에게서 최대한 거리를 두고 싶었다.

'그 사람은 내 약점이다.'

인정하고 싶지 않았지만 초류향은 공손아리를 바라볼 때마다 확실히 마음이 싱숭생숭해지며 이상한 감정에 사로잡혔다.

그 이유가 무엇인지, 이것이 어떤 감정인지는 깊게 생각해 보고 싶지 않았다.

두 눈을 질끈 감고 애써 외면한 것이다.

지금은 그런 사사로운 감정에 휘말릴 때가 아니라 판단했으니까.

그래서 최대한 그녀에게서 신경을 끄려는데.

사람 마음이라는 것이 참으로 간사했다.

그렇게 하려고 마음먹으니 오히려 더더욱 신경이 쓰였던 것이다.

잘 지내고 있는지, 불편한 건 없는지, 계속해서 여러 가지 복합적인 감정들과 걱정이 초류향을 쉴 새 없이 건드리고 들쑤셨다.

'그래서 막수를 보냈다.'

막수는 지금의 초류향이 사용할 수 있는 가장 확실한 방패였다.

세상에 존재하는 그 무엇으로부터라도 공손아리를 지켜 줄 수 있는 든든한 방어막이 바로 막수였다.

그래서 초류향은 자신의 곁에 있던 막수를 그녀에게 보낸 것이다.

녀석을 공손아리에게 보내고 나자 어느 정도 마음에 안정이 찾아왔다.

'부디 즐거운 여행이 되기를…….'

그녀가 떠났다는 사실에 허전함과 함께 묘한 안도감을 느끼는 초류향이었다.

第三章

침입자

검버섯 노인은 이를 악물고 도망쳤다.

그가 천자후가 가르쳐 주었던 그 비밀 장소에서 빠져나오려고 마음 먹게 된 이유는 간단했다.

'여기에 계속 있으면 죽어.'

본능이 그렇게 경고해 왔던 것이다.

검버섯 노인.

그는 망설이지 않았다.

어차피 이곳에 있어도 천자후는 자신의 목숨을 이용해서 무언가를 계획할 것이 뻔했다.

그렇다면 도망쳐야 했다.

더 이상 이용당하는 것은 사양이니까.

판단은 빨랐고, 행동은 그것보다 더 신속했다.

검버섯 노인은 간단하게 챙긴 행낭을 들고 비밀 장소에서 빠져나와 무작정 천마신교를 벗어나기 위해 애썼다.

하지만 천마신교의 경비는 정말로 두터웠다.

어설픈 무공을 지닌 그가 빠져나갈 구멍이라고는 어디에도 없었던 것이다.

꼬박 이틀을 서성거리며 도망칠 방법을 생각해 보았지만 허사였다.

검버섯 노인이 그렇게 필사적으로 외부로 탈출하기 위해 애쓸 때.

사대 세가.

그중에서도 특히 천씨 세가는 이미 움직이고 있었다.

* * *

"영감을 잡아 와. 산 채로."

천자후의 명령을 받고 천씨 세가의 추적대가 움직인 것은 천자후가 초류향에게 충성을 맹세한 바로 다음날이었다.

그들은 이쪽 방면의 전문가들이었고, 그들이 검버섯 노인의 행적을 찾는 것은 식은 죽 먹기였다.

추적대는 정확히 반나절 만에 노인의 행적을 발견하고 뒤쫓기 시작했다.

토끼몰이라도 하듯이 느긋하게 검버섯 노인을 쫓던 그들은 의외의 난관에 봉착했다.

공교롭게도 검버섯 노인이 지금 몸을 숨기고 있는 곳이 이화궁의 관할 영역이었기 때문이다.

"빌어먹을."

추적대를 지휘하는 자.

마노(魔老)라 불리는 중늙은이는 가래침을 바닥에 내뱉으며 인상을 찡그렸다.

소가주의 명령은 절대적이기에 검버섯 노인을 반드시 데려가야만 했다.

하나 저곳에 함부로 들어갔다가는 나중에 큰 문제가 생길 수 있었다.

이화궁은 남자가 들어갈 수 없는 곳이기 때문이다.

괜히 그들과 얽힌다면 뒤끝이 좋지 않을 게 뻔했다.

"어떻게 할까요?"

수하들의 물음에 마노는 얼굴을 찡그린 채 고민했다.

저 멍청한 계집년들은 자기들 관할 구역에 침입자가 있는지도 모르고 있지 않은가?

검버섯 영감탱이는 운이 좋아서 어떻게 저기까지 간 것 같긴 하지만 그들은 그럴 수 없었다.

"……가서 소가주님께 보고하고 와라."

아쉽지만 이것은 혼자 판단할 문제가 아니었다.

괜히 무리해서 문제를 일으키는 것보다 보고를 하고 위의 판단을 기다리는 게 옳았다.

마노가 초조한 마음으로 기다리고 있을 때.

천자후를 만나러 갔던 수하가 돌아왔다.

수하는 혼자 돌아오지 않고 천자후와 함께였다.

"저곳에 있다고?"

"예, 소가주님."

성인 남자 키만 한 담벼락.

그 너머부터는 완전한 이화궁의 영역이었다.

교주의 허락 없이는 남자들은 감히 넘볼 수도 없는 땅.

천자후는 눈을 가늘게 뜨고 담벼락 너머를 바라보았다.

순찰을 도는 이화궁의 고수들이 눈에 들어왔지만 그런 것들은 신경 쓰이지 않았다.

"몰래 들어가서 영감을 빼 올 방법은 없나?"

"예."

"그럼 그 영감은 대체 어떻게 저길 들어간 거야? 우리가 무능한 거냐, 아니면 영감이 뛰어난 거냐?"

이건 말이 되지 않았다.

무공도 거의 모르는 영감이 아니던가?

이화궁이 그렇게 호락호락할 리가 없는데?

그 질문에 대한 대답은 다행히 준비되어 있었다.

"얼마 전에 소군주님이 실종되셨을 때, 선우초린 궁주가 이화궁을 한바탕 뒤집어 놨다고 했습니다. 아마도 그때 운 좋게 침입한 모양입니다."

"……정말 운이 좋군."

속이 쓰렸다.

운이 좋아도 너무 운이 좋은 것 아닌가?

'그럼 이제 어떻게 해야 할까?'

저 안에 영감이 있는 것은 확실하다.

마노는 이 분야에 있어서는 충분히 신뢰할 만한 자니까.

문제는 이화궁이었다.

이화궁 내부에는 천씨 세가의 힘이 미치지 않는다.

저곳은 현재 선우 세가의 영향을 가장 강력하게 받는 곳이 아니던가?

'선우 세가에 도움을 요청해야 하나?'

그러기엔 너무 자존심이 상하는 일이다.

게다가 자존심과는 별개로, 이번 일이 바깥으로 새어 나갈 염려가 있다는 것도 문제였다.

선우 세가에서 저 검버섯 영감의 신병을 확보하고 그들이 찾아낸 양 초류향에게 갖다 바칠 수도 있었기 때문이다.

'그건 곤란하지.'

사실 천자후는 이번에 아주 운이 좋았다고 생각했다.

의도치는 않았지만 저 영감이 도망친 덕분에 그들 가문이 살았던 것이다.

그 점에 대해서는 역설적이게도 검버섯 노인의 배신에 대해 일정 부분 감사하는 마음도 있었다.

'하지만…….'

그것과는 별개로 괘씸하다는 생각도 들었다.

그동안 가문에서 얼마나 많은 편의를 봐 주었는데 이런 식으로 뒤통수를 치다니?

따끔하게 훈계를 내리고 소교주에게 넘길 생각이었는데 일이 이런 식으로 꼬여 버렸다.

'어떻게 해야 할까?'

천자후는 턱을 쓰다듬으며 고민했다.

천마신교에서 이화궁이 가지는 위치는 참으로 묘했다.

교주 직속의 무력 단체이자 유일하게 여자들만으로 이루어진 집단.

때문에 그녀들은 지나치게 도도했고, 솔직히 말하면 그들이 가진 능력 이상의 대우를 받고 있었다.

'한번 혼을 내줘 볼까?'

선우초린은 사대 세가 중 선우가의 사람이었다.

평소에 얼굴이 제법 반반하다고 건방지기 이를 데가 없었는데 이번 기회에 콧대를 눌러 주는 것도 좋지 않을까?

'뒷감당은 어디까지 될까?'

일을 벌이기 전에 미리 세세하게 뒷일을 생각해 두는 것은 천자후의 중요한 장점 중의 하나였다.

천자후는 침착하게 계산을 해 보았다.

일단 일이 잘못되어 발각될 경우.

이화궁에서 곧장 추적대가 꾸려질 것이다.

하나 그녀들은 걱정할 필요가 전혀 없었다.

'무능하니까.'

사실 이화궁의 힘은 조금도 두렵지 않았다.

그녀들이 추적을 해 봐야 그 방면에서는 이쪽이 압도적으로 뛰어나니까 완벽하게 따돌릴 자신도 있었다.

하지만 문제는 이화궁이 아니다.

'선우 세가…….'

선우 세가가 움직인다면 이야기가 달라진다.

그들 역시 오랜 시간 천마신교 내에서 살아남은 거목이 아니던가?

그들이 이번 일에 개입하게 된다면 일은 아주 복잡해진다.

추적의 전문가들이 나설 테고, 그들 역시 전문가들이니 어떤 변수가 생길지 알 수가 없었다.

그 부분이 천자후를 고민하게 만들었다.

생각에 생각을 거듭하던 천자후는 마노를 바라보며 입을 열었다.

"만약 저 안에 돌입하게 된다면 놈을 찾는 데 얼마나 시간이 걸릴까?"

"……반 시진(한 시간)이면 놈을 잡아다가 가죽까지 벗길 수도 있습니다."

"확실해? 지금 이건 굉장히 중요한 문제야."

마노는 소가주의 질문에 바닥에 무릎을 꿇고 스스로의 칼을 뽑아 손잡이를 내밀며 말했다.

"제가 말한 시간보다 조금이라도 지체될 시 제 목을 쳐도 좋습니다, 소가주님."

"쯧, 네 목숨으로 일이 덮어질 수 있었다면 백 번이라도 더 시도했다.”

하나 말과는 달리 천자후는 마음을 굳혔다.

이번 일은 한번 시도해 볼 만한 가치가 있었다.

설령 최악의 경우, 일이 잘못된다고 하더라도 검버섯 노인의 목숨을 이쪽이 쥘 수 있게 된다.

‘지금의 소교주는 검버섯 노인의 목숨을 최고로 중요시한다.’

천자후가 판단하기에 지금의 소교주는 화령이라는 계집을 치료하기 위해 분명 어떤 것이든 희생할 각오가 되어 있었다.

이런 상황이니 검버섯 노인의 신병을 확보하고 그를 소교주에게 바친다면 다른 세가들보다 조금 더 유리한 고지를 얻을 수 있는 것이다.

‘지금 사대 세가는 모두 소교주에게 잘 보이기 위해 안달이 난 상태지.’

이것이 수치스럽냐고?

전혀 아니다.

이번에 소교주가 보여 준 것은 단순한 힘과 능력의 증명만이 아니었다.

그는 공손천기조차도 하지 않았던 ‘징벌’을 사대 세가에 내리려고 했고, 그것은 충분히 위협적이었다.

‘멸문의 위협이었다, 그것은…….’

천자후는 그때 느꼈던 공포가 아직도 선명했다.

사대 세가는 이번 사건 이후로 확실한 결단을 내렸다.

소교주에게 적극적으로 협조하는 방향으로 노선을 바꾼 것이다.

지금 소교주에게 반발했다가는 무슨 짓을 당할지 모른다.

'소교주의 주변에는 고수가 너무 많지.'

공손천기 때부터 쌓여 왔던 엄청난 힘의 대다수가 그쪽에 있었다.

만약에 소교주가 마음을 먹는다면 사대 세가라 하더라도 뿌리째 뽑혀나갈 수 있었다.

"돌입할 준비를 해."

"알겠습니다."

"나도 같이 간다."

"존명."

천자후는 느긋하게 밤이 되기를 기다렸다.

아무래도 환한 대낮보다는 밤에 일을 치르기가 편하니까.

그렇게 그들은 조용히 숨죽인 채 이화궁의 담벼락을 노려보고 있었다.

* * *

선우초린은 요새 계속 기분이 언짢았다.

공손아리가 자리를 비우고 도망친 이후로 내내 이랬다.

그녀가 없는 이화궁 따위는 조금도 의미가 없었고, 선우초린은 의미 없는 일을 하는 것을 굉장히 싫어했다.

'대체 왜 막는 거야?'

소교주 초류향.

그놈이 자신을 막은 것은 아무리 생각해도 이해가 되지 않는 처사였다.

공손아리는 특별했다.

그런 그녀가 강호에 나가서 어떤 위험에 빠져 있는지 모르는데 그녀를 찾지 말라니?

이건 너무 부당하지 않은가?

다행히도 그녀의 행방은 곧장 알 수 있었다.

똑똑하게도 린이 흔적을 남겨 놓았던 것이다.

때문에 조금 안심은 되었지만 시간이 흐르니 그만큼 걱정도 늘어만 갔다.

'아무래도 직접 나가 봐야겠다.'

소교주가 막았지만 방법이 없는 것은 아니다.

조금만 생각하면 편법이야 수도 없이 많았으니까.

선우초린이 그런 생각들을 하며 여러 가지 계획을 짜고 있을 때.

바깥이 소란스러워졌다.

"무슨 일이냐?"

선우초린이 언짢은 기색으로 묻자 곁에서 그녀의 눈치만 살피고 있던 중년 여인이 후다닥 바깥으로 뛰어나갔다.

그리고 잠시 후 들어온 중년 여인이 조심스럽게 입을 열었다.

"서쪽 경계선에서 문제가 생긴 것 같습니다."

"문제?"

"예."

“무슨 문제? 설마 침입자라도 생겼나?”

선우초린이 반장난 식으로 묻자 중년 여인은 곧장 대답하지 못하고 머뭇거렸다.

그게 선우초린의 심기를 건드렸다.

쫘악—

허리춤에 두르고 있던 채찍을 푼 선우초린이 살기가 일렁거리는 얼굴로 입을 열었다.

“똑바로 말해. 침입자야?”

“네, 아무래도 침입자가 생긴 것 같습니다.”

중년 여인이 진땀을 흘리며 인정하자 선우초린은 자리에서 벌떡 일어나며 웃었다.

“잘되었다. 안 그래도 짜증이 쌓였는데…….”

이화궁에 침입자가 발생하는 것은 드물기는 하지만 종종 있었던 일이다.

실수든, 고의든 꼭 이화궁의 영역으로 발을 들이는 놈들이 있었다.

그 뒤처리는 온전히 이화궁의 몫이었다.

놈을 잡아서 죽이든지 살리든지, 오로지 이화궁이 재량껏 판단할 수 있는 것이다.

‘오랜만에 피 맛을 보겠구만.’

선우초린은 이번 일을 그다지 대수롭지 않게 생각했다.

대다수 이화궁의 담을 넘는 녀석들은 여색에 미쳐서 욕정을 억누르지 못한 것들이었다.

그런 놈들은 애초에 그다지 경계할 필요도 없었다.

'기분도 더러웠는데 마침 잘됐다.'

그렇게 선우초린은 흥분한 얼굴을 한 채 서쪽 경계선으로 뛰어갔다.

그리고 서쪽 경계선에 도착한 그녀가 본 것은 처참하게 박살 난 이화궁의 여자들이었다.

"……이게 무슨 일이지?"

두 명이 죽었다.

그리고 건물 한 채가 완전히 박살이 나 있었다.

그 흔적들로 미루어 봤을 때.

이번에 들어온 침입자들은 보통내기들이 아니었다.

선우초린의 눈에서 불똥이 튀었다.

"무슨 일이냐? 놈들은 몇 명이지?"

선우초린의 질문에 팔을 다쳐서 부상을 당한 여자 하나가 더듬거리며 입을 열었다.

"놈들은 복면을 하고 있었고…… 숫자는 모두 다섯 명이었습니다, 궁주님."

"고작 다섯? 다섯 놈에게 이 지경이 됐다고?"

담벼락마다 일정한 경비 구역이 있었고, 그 경비 구역은 스무 명의 인원이 한 조가 되어 지켰다.

그 말은 다섯 명이서 스무 명을 상대했다는 말이 아닌가?

"다섯 모두 절정 고수였습니다."

“절정 고수…….”

절정 고수는 그리 흔한 존재가 아니었다.

그리고 그 정도 되는 고수들은 단순히 욕정에 미쳐서 목숨을 걸 만큼 어리석지도 않았다.

‘그럼 이건 계획적이라는 말인데…….’

선우초린은 이번 일이 생각보다 제법 흥미롭게 돌아간다고 여겼다.

대체 무얼 얻으려고 목숨을 걸고 이화궁의 담을 넘었을까?

“추적대를 꾸려. 지금 당장. 내가 선두에 선다.”

“존명.”

이건 상당히 신나는 일이었다.

추적을 빌미로 정정당당하게 천마신교를 휘젓고 다닐 수 있는 명분이 생긴 것이니까.

수하들에게 명령하며 선우초린이 막 자리를 뜨려고 할 때.

조금 전에 보고를 했던 팔을 다친 부상자가 눈치를 살피며 조심스럽게 입을 열었다.

“궁주님.”

“왜? 보고할 게 더 남았나?”

“예. 아직 정확한 것은 아니지만 마음에 걸리는 게 있습니다.”

선우초린이 말해 보라는 눈짓을 하자 그녀가 입을 열었다.

“복면을 하고 놈들이 담을 넘어 들어올 때는 분명히 다섯 명이었는데, 나갈 때는 여섯이었습니다.”

“뭐?”

그럼 납치를 했다는 소린가?

감히 이화궁의 여자를?

“이 개새끼들이…….”

선우초린의 눈가에 분노의 기색이 떠오를 때.

부상자가 당황하며 입을 열었다.

“잡혀간 인원은 저희 측 사람이 아니었습니다. 노인이었습니다.”

“노인이었다?”

“예. 복면을 하지 않고 끌려가던 사람은 분명히 남자였습니다.”

“……?”

선우초린은 순간 상황이 이해가 되지 않았다.

“여자가 아니라 남자였다고?”

“예.”

“……잘못 본 것이 아니냐?”

“아닙니다. 저희 측 인원들도 다 점검해 보았지만 빈 인원은 없었습니다.”

선우초린은 팔짱을 끼었다.

그리고 잠시 후 그녀는 입가에 가느다란 미소를 그렸다.

그녀는 이번 일이 자신이 생각했던 것보다 더 재미있게 돌아간다고 여겼다.

第四章

사대 세가의 계책

초류향은 약간 상기된 얼굴로 천마신교의 입구에 나와 있었다.

지금 전박이 그동안 외부에서 보호하고 있던 초류향의 부모님을 모셔 오는 중이었기 때문이다.

'건강하시겠지?'

호법들이 공손천기의 명을 받아서 미리 부모님을 안전한 곳에 피신시켜 두었다는 건 이미 알고 있었다.

멀리 떨어진 곳에 계셨기 때문에 모시는 데 시간이 걸릴 수밖에 없었다.

그렇게 얼마를 기다리고 있었을까?

저 멀리서 뿌연 먼지를 일으키며 마차 한 대가 다가오기 시작했다.

드디어 도착한 것이다.

히히힝—!

마차가 멈추고 그 안에서 전박이 내렸다.

"모시고 왔습니다, 소교주님."

초류향이 후다닥 마차 쪽으로 달려갈 때.

마차 안에서 중년인이 걸어 나왔다.

초류향과 비슷한 외모의 중년인.

그는 마차에서 내려서 초류향을 보자마자 그에게 뚜벅뚜벅 걸어왔다.

"아버지, 그동안 건강……."

짜아악—!

"……!"

말이 채 끝나기도 전에 초류향의 뺨이 옆으로 돌아갔다.

초무령이 부지불식간에 뺨을 날린 것이다.

곁에서 지켜보고 있던 전박과 운휘, 노진녕이 깜짝 놀라는 얼굴을 할 때.

초류향의 뺨을 때린 초무령은 당황한 초류향을 보며 입을 열었다.

"아비의 건강이 신경이 쓰이긴 했더냐?"

"……."

"그런 걱정을 하는 녀석이 이제야 무사하다는 연락을 받게 하느냐?"

초류향은 차마 고개를 들 수가 없었다.

모두 맞는 말이었기 때문이다.

그동안 여러 가지 일들이 있었다는 변명도 내뱉지 못했다.

그저 죄송스러운 마음뿐인 것이다.

그때 마차에서 뒤따라 내려온 초류향의 어머니.

유송령이 그런 초무령을 스쳐 지나가 재빨리 초류향을 안았다.

그런 다음 조금 몸을 떨어뜨린 다음에 살짝 울먹이며 말했다.

"무사했니? 어디 다친 곳은 없고?"

"예."

"다행이다. 그거면 되었다."

초류향은 자신의 볼을 감싸고 쓰다듬는 어머니의 손에서 따스한 온기를 느꼈다.

그러자 스스로가 더더욱 작아지는 기분이었다.

'약간…… 마르신 건가?'

그동안 못 뵌 사이에 부모님은 많이 수척해져 있었다.

거기에 더해 군데군데 보이는 희끗한 머리카락.

그것이 시선에 들어오자 초류향은 마음이 먹먹해져 옴을 느꼈다.

못난 자식 때문에 그동안 마음고생이 얼마나 심하셨을까?

초류향의 얼굴이 괴롭게 일그러질 때.

그의 아버지.

초무령이 다가와 덥석 초류향을 안았다.

이제는 초류향의 키가 아버지보다 컸다.

더 이상 어린아이가 아닌 것이다.

"많이 걱정했다."

초무령의 갈라진 음성에는 아들에 대한 진한 염려가 묻어나고 있었다.

초류향은 그런 아버지를 껴안으며 말했다.

"……죄송해요, 아버지."

무심했다.

그저 건강하시다는 말만 전해 듣고 막연하게 마음을 놓고 있었다.

그런데 부모님의 마음은 그게 아니었다.

실제로 만나 보니 그것을 알 수 있었다.

"한데 사대 세가와 문제가 생겼다던데…… 그 일은 어찌 되어 가느냐?"

"마지막 마무리만 하면 돼요."

대략적인 일들은 정리가 되었다.

그 때 이후로 사대 세가에서 줄곧 침묵을 지키고 있는 게 신경 쓰이긴 했지만 그것도 조만간이다.

조만간 확실하게 매듭을 지으러 갈 것이니까.

그때 뒤에서 조용히 이야기를 듣고 있던 엄승도에게 고개를 돌리며 초류향이 입을 열었다.

"사대 세가에서 연락 온 것은 없었습니까?"

갑작스럽게 질문을 받은 엄승도가 조심스러운 얼굴로 입을 열었다.

"저, 안 그래도, 사대 세가의 수뇌부들이 지금 신룡전에서 기다리고 있습니다. 소교주님."

초류향의 얼굴이 찡그려졌다.

"언제부터 기다리고 있었습니까?"

"사실 기다린 지 조금 되었습니다."

"정확히 어느 정도입니까?"

엄승도는 난처한 얼굴을 해 보였다.

"대략 반나절 정도는 기다린 듯합니다."

반나절이라면 부모님이 오신다는 연락을 받은 직후부터 기다렸다는 말이 아닌가?

아마도 사대 세가는 초류향의 기분을 거슬리지 않기 위해 엄승도에게 눈치껏 기다린다고 했던 모양이다.

"이런 일은 최대한 빨리 마무리 짓는 게 좋다. 우리는 이만하면 되었으니 가서 볼일을 보거라."

아버지 초무령의 말에 초류향은 약간 망설이는 기색을 보였지만 어머니를 한 번 보고 고개를 끄덕였다.

"그럼 다녀오겠습니다."

"그래, 조심하거라."

초류향은 곧장 사대 세가의 수뇌부들이 기다리고 있다는 신룡전으로 향했다.

그런 아들의 뒷모습을 바라보던 초무령이 입을 열었다.

"녀석이 많이 컸소."

"네, 잘 컸군요. 안심이 돼요."

본래 자그마했던 아이였다.

또래보다도 작은 체구에 항상 책상 앞에만 앉아 책을 읽던 아이.

그 아이가 안 본 사이에 부쩍부쩍 자라더니 이제는 모든 사람들이 우러러보는 위치까지 올라가 있었다.

새삼 감회가 새로웠다.

초류향의 부모님이 그렇게 서 있을 때.

뒤에 서 있던 엄승도가 조용히 앞으로 나서며 입을 열었다.

"제가 숙소로 모시겠습니다. 따라오시지요."

"감사하오."

"당연히 제가 해야 할 일입니다."

초류향의 부모님을 모시고 숙소로 가며 엄승도는 생각했다.

부모님의 눈에는 아직도 초류향이 물가에 내어 놓은 어린아이 같은 모양이다.

하지만 강호에서의 초류향은 누구보다도 냉정하고 파괴적인 사람이 아닌가?

모두가 두려워하는 절대의 고수가 바로 초류향이었다.

'입장에서 오는 차이가 엄청나군.'

엄승도는 그런 생각을 하다가 입가에 가느다란 미소를 머금었다.

초류향은 사대 세가와의 문제가 해결되면 곧장 교주가 될 것이다.

그리고 그가 교주가 된다면 천마신교는 아마 천하를 향해 움직이게 될 터.

공손천기 때부터 꾸준하게 쌓아 놓았던 천마신교 역대 최강의 전력들이 그동안 억눌러 놓았던 힘을 터트리는 것이다.

'천하의 주인이 바뀐다.'

엄승도는 그 생각만으로도 피가 뜨겁게 달아오르는 것을 느꼈다.

*　　*　　*

"잘 주무셨어요?"

"응. 린과 령도 잘 잤어?"

"네. 저희야 잘 잤죠."

린과 령.

그리고 공손아리는 객잔에서 아침을 맞이하고 있었다.

공손아리를 위해서라는 핑계로, 그녀들은 각 지역의 유명한 장소들을 돌아다니며 갖가지 맛있는 음식을 먹고 좋은 풍광들을 보며 오랜만에 호강을 하고 있었다.

하지만 그것도 이제 슬슬 정리를 해야 할 때가 되었다.

"소군주님께서는 어디를 가고 싶으신 거예요? 보통 이런 여행에는 목적지라는 게 있잖아요?"

공손아리의 부스스한 머리를 정리해 주며 린이 물었다.

그러자 공손아리는 약간은 잠이 덜 깬 얼굴로 고개를 끄덕였다.

그녀에게도 목적지는 있었다.

다만 그곳이 어디인지를 모를 뿐.

"사람을 찾아야 해."

"그게 누군데요?"

"마테오 리치. 우리 이름으로는 이마두라고 했어."

린과 령은 눈을 몇 번 깜빡였다.

공손아리가 찾는 사람이 누구인지 알고 있었기 때문이다.

그녀들도 나름대로 귀를 열고 살고 있었다.

"건안왕과 함께 다닌다는 그 색목인이군요?"

"응? 린은 알고 있었어, 그 사람?"

"네. 예전에 소교주님이랑 그 사람을 찾아가셨잖아요?"

"아…… 기억을 하는구나."

"예. 그때 이후로 조사를 좀 해 봤어요."

린과 령도 정보를 획득할 수 있는 최소한의 끈들은 마련해 놓고 있었던 것이다.

그게 강호에서 오래 살아남는 방법이었으니까.

"그럼 어디 있는지도 알고 있어?"

"그거야……."

린은 잠시 머뭇거렸다.

그녀가 애초에 생각했던 것보다 여행이 길어지고 있었던 탓이다.

실연의 상처 때문이니 며칠 정도만 유람차 나갔다 오면 될 것이라 여겼는데 이건 그게 아니었다.

공손아리는 생각보다 명확한 목적의식을 가지고 밖으로 나온 것이 아닌가?

망설이던 린은 공손아리가 손을 잡자 한숨을 내쉬며 말했다.

"건안왕과 함께 있다면 아마도 사북성에 있을 확률이 높을 거예요."

"사북성?"

"예. 건안왕이 공식적으로 소유한 개인 성이요."

수많은 황족들 중에서도 개인 성을 소유하고 있는 자는 극소수에 불과했다.

왜냐하면 황족이라는 존재 자체가 현재 권력의 정점인 황제에게는 상당히 위협적인 요소이기 때문이다.

차후에 위험이 될 수도 있는 황족에게 성을 하사하는 일은 극히 드물었다.

그 드문 경우 중 하나가 바로 건안왕인 것이다.

"건안왕이 황제의 목숨을 구한 대가로 받은 거라고 들었어요."

"대단한 사람이었구나."

선우초린에게 계속해서 수작을 부릴 때만 해도 그저 단순히 변태라고만 생각했는데, 그런 모습이 전부가 아닌 모양이었다.

"그럼 그곳으로 가자."

"거긴 여기서 너무 먼데요?"

"어디 있는데?"

지금 그녀들이 있는 사천성은 그래도 천마신교의 영역에 포함되어 있었다.

때문에 이 안에서 돌아다니는 것이야 사실 위험하긴 하지만 최소한의 안전장치는 있는 셈이었다.

하지만 그것도 여기까지였다.

"여기서 섬서성 끝까지 가야 하는데요?"

"많이 먼 거야?"

"그럼요, 많이 멀죠. 적어도 마차로 한 달은 족히 가야 할 텐데요."

공손아리는 고개를 끄덕였다.

린은 그 모습에 안도했다.

공손아리가 그녀의 말을 이해해 주었다고 생각한 것이다.

그런데 그게 아닌 모양이었다.

"그럼 튼튼한 마차부터 구해야겠네?"

"……소군주님."

"응."

린은 한숨을 내쉬며 령을 바라보았다.

너도 좀 말려 보라는 눈짓.

그러자 령이 눈치껏 앞으로 나서서 입을 열었다.

"사천 지역을 벗어나면 위험할 수 있어요. 거기는 저희의 영역이 아니라서……. 보호받을 수가 없으니까요."

공손아리는 순순히 고개를 끄덕였다.

하지만 그녀는 그녀답지 않게 고집을 부렸다.

"나도 알고 있어. 하지만 꼭 만나야 해. 부탁한 게 있어서……."

"부탁이요? 무슨 부탁을 하셨는데요?"

린이 옆에서 듣고 있다가 끼어들자 공손아리는 머뭇거렸다.

그러다 조심스럽게 입을 열었다.

"엄마의 가족을 찾아 달라고 했어."

린과 령의 얼굴이 묘하게 일그러졌다.

너무도 뜻밖의 이유였기 때문이다.

*　　*　　*

마테오 리치는 자신을 찾아온 사람들을 바라보며 반가운 얼굴을 해 보였다.

그가 다가가서 뭔가 말을 하려는데 상대방이 먼저 입을 열었다.

“반갑습니다, 리마두 선생.”

마테오 리치는 상대방의 말에 눈을 동그랗게 떴다.

상대방의 말은 조금 어색했지만 분명한 한어였다.

“이쪽 말을 제법 유창하게 하는구려. 그레고리 경.”

마테오 리치를 찾아온 사람.

그들은 키가 큰 두 명의 색목인이었다.

한 명은 마테오 리치도 잘 알고 있는 기사인 그레고리였고, 다른 한 명은 처음 보는 사내였다.

“이곳에서 리 선생을 도와 활동해야 하니 미리 배워 두었습니다.”

“잘하셨소. 많은 도움이 될 것 같소. 한데 함께 오신 이분은 누구시오?”

마테오 리치가 궁금한 얼굴로 묻자 은은한 붉은 머리의 사내가 웃으며 입을 열었다.

“교황청에서 리 선생님의 소문은 진즉에 듣고 있었습니다. 반갑습니다, 안토니오라고 합니다.”

"그대도 이쪽 말을 배우셨구려. 다행이오."

"예. 준비가 필요했으니까요."

"준비?"

안토니오는 의미심장하게 웃었다.

"이번에 저희가 리 선생님을 찾아온 것은 단순히 지금 하고 계신 일을 돕기 위해서만이 아닙니다."

갑작스레 본론으로 들어가는 안토니오의 말에 마테오 리치는 고개를 갸우뚱거렸다.

약간 은밀한, 그러면서도 무언가 불길한 느낌이 들었던 것이다.

애써 그것을 떨쳐 버리며 마테오 리치가 입을 열었다.

"나에게 다른 용건이 있었소?"

"예. 이건 교황님께서 직접 내리신 명령입니다."

"교황님께서?"

마테오 리치의 얼굴이 심각해졌다.

교황은 그들과 같은 신학자들에게 절대적인 힘을 지닌 존재였기 때문이다.

마테오 리치가 약간 긴장한 얼굴로 그레고리를 바라보고 있을 때.

그레고리는 소중하게 챙겨온, 밀봉되어 있는 통을 품에서 꺼내 마테오 리치에게 건네며 입을 열었다.

"제가 말을 하는 것보다 직접 보시는 게 빠를 것이라 생각됩니다."

마테오 리치는 통을 열어 그 안에 있는 문서를 꺼내어 읽다가 몸을 부르르 떨었다.

"이, 이것이 무슨 말이오?"

"거기에 적힌 그대로입니다."

"하, 하지만 이것은……."

마테오 리치의 얼굴이 어두워졌다.

교황의 밀명.

그것은 너무도 놀라운 내용이었다.

"이 서신에서 말하는 사교 집단이…… 현재 강호에 있는 천마신교를 말하는 게 맞소?"

"그렇습니다."

"그들을 처단하라니…… 불가능한 일이 아니오?"

천마신교의 힘은 현재 황실조차도 어쩌지 못하고 있지 않은가?

그런데 대체 어떻게?

"교단에서 곧 은밀하게 무기와 지원 병력들을 보내 줄 것입니다."

마테오 리치는 입을 벌렸다.

교단에서 병력을 보내 준다?

그것이 무얼 의미하는지 그제야 깨달았기 때문이다.

"이곳처럼 머나먼 동방의 땅에 올바른 깨우침을 전파하기 위해서 교단에서는 무력 동원도 생각하고 있는 겁니다, 리 선생."

마테오 리치는 순간 멍한 얼굴을 해 보였다.

생각보다 동방의 대륙 포교에 대한 교단의 의지가 강하게 느껴졌던 것이다.

*　　*　　*

사대 세가의 가주들은 신룡전에 모여 있었다.

그들은 모두 새하얀 백색의 무복을 차려입고 있었는데, 하나같이 표정이 심각했다.

"그런데 우리가 정말 이렇게까지 해야 하는 거요?"

선우강진.

선우 세가의 가주인 그가 자신이 입고 있는 백색의 무복을 바라보며 한숨을 쉬었다.

백색의 무복.

이것은 패배자가 입는 옷이 아닌가?

이래서야 완전한 항복 선언이나 다름없었다.

그의 불만 섞인 음성에 옆에 있던 천태악이 입을 열었다.

"선우 세가는 하기 싫으면 하지 않아도 무관하오만?"

"큥, 이 살벌한 분위기에서 나 혼자만 빠질 용기가 없어서 말이오."

선우강진이 머쓱한 얼굴로 말하자 사대 세가의 가주 모두가 입가에 쓴웃음을 머금었다.

천태악은 그런 그들을 바라보며 입을 열었다.

"지금이라도 늦지 않았소. 만약 빠질 생각이면 지금 빠져야 할 거요."

"누가 빠지겠소? 이 판국에 빠졌다가는 뒷감당이 안 될 텐데. 우리 대단하신 소교주님께서 그냥 놔두시겠소이까?"

선우강진이 말하자 가만히 듣고 있던 천태악이 작게 입을 열었다.

"소교주님 앞에서도 그렇게 비아냥거릴 수 있을지 기대가 되는구만."

"……."

선우강진의 얼굴이 불쾌하게 일그러질 때.

천태악이 말했다.

"아무래도 오고 계신 모양이오."

모두의 시선이 대문으로 향했을 때.

열린 문 사이로 누군가가 걸어 들어왔다.

나직한 발걸음.

결코 서두르지도 조급해하지도 않는 걸음의 젊은 사내.

"사대 세가의 가주들이 소교주님을 뵙니다."

백색의 무복을 차려 입은 사대 세가의 주인들은 일제히 초류향 앞에 무릎을 꿇었다.

초류향은 그 모습을 말없이 바라보았다.

이제 그가 교주 자리에 오르는 데에 방해가 될 것은 아무것도 없었다.

드디어 본래 자신이 가져야 마땅한 것을 되찾을 수 있게 된 것이다.

잠시 감회에 빠져 있던 초류향이 느릿하게 입을 열었다.

"이제 봄이 오고 있습니다."

"……?"

조금은 뜬금없는 말.

초류향은 그들을 일으켜 세우지도 않은 채 조용하고 덤덤하게 말을 이었다.

"기나긴 겨울이 끝났다는 의미입니다."

이건 상당히 의미심장한 말이었다.

사대 세가의 주인들을 비롯하여 운휘, 노진녕, 전박이 그 의미를 생각하며 숨죽이고 있을 때.

초류향이 본론을 꺼냈다.

"제가 교주가 되면 본 교는 천하를 향해 문을 열 생각입니다. 사대 세가는 그때 저와 함께 중원으로 나갈 준비가 되어 있습니까?"

"……!"

중원으로 나간다.

천하통일을 위해 오랜 봉문을 깨겠다는 말이 아닌가?

이것은 그간 공손천기가 단단하게 잠가 놓은 문을 열겠다는 의미였다.

"천씨 세가는 소교주님과 함께하겠습니다."

이마를 바닥에 붙인 채 천태악이 입을 열자, 다른 사대 세가의 주인들도 서둘러 그 뜻에 동조했다.

초류향은 그제야 그들을 바라보며 입을 열었다.

"자리에서 일어나십시오."

사대 세가의 주인들이 조심스럽게 자리에서 일어서자 초류향이 입을 열었다.

“과거의 잘잘못들은 모두 덮어 두고 이제부터는 새롭게 시작했으면 좋겠습니다. 저는 이미 과거를 다 잊었는데 가주님들은 어떠십니까?”

“소교주님의 태산 같은 은혜에 저희는 그저 감사할 따름입니다.”

선우강진이 감격했다는 어투로 냉큼 입을 열자 천태악을 비롯한 다른 사대 세가의 주인들은 잠시 황당하다는 얼굴로 그를 바라보았다.

방금 전까지 신랄하게 초류향을 비아냥거리던 그 사람이 맞는가 싶었던 것이다.

그런 시선들을 받은 선우강진은 도리어 그들을 바라보며 역정을 내었다.

“그대들은 설마 그렇게 생각하지 않으시오?”

“……그럴 리가 있겠소? 단리 세가도 그 의견에 적극 동감합니다.”

“용씨 세가도 마찬가지입니다.”

“본인도 감사하게 생각하고 있습니다.”

모두가 말을 하면서도 내심으로는 선우강진의 뻔뻔한 태도에 혀를 내두를 때.

초류향이 입을 열었다.

“그럼 모두가 동의하신 것으로 알고, 차후의 일들에 대해서 사대 세가의 적극적인 협조를 기대하겠습니다.”

“일이 생기면 가장 먼저 선우 세가를 찾아 주시지요, 소교주님. 솔선수범해서 발 벗고 나서겠습니다.”

"고맙습니다. 든든하군요."

선우강진의 충성 어린 표정을 보며 초류향이 빙긋 웃자 사대 세가의 모두가 속으로 쓴웃음을 머금었다.

그들 역시 오랜 시간 권모술수에 익숙해져 있었다고 생각했지만 아직도 가야 할 길이 한참이나 남아 있었던 모양이다.

'대단한 사람이었군, 선우 세가의 주인은.'

앞뒤의 태도가 저토록 다르다니, 경계해야 할 사람이었다.

"이미 아시겠지만 조금 있으면 제 즉위식이 있을 예정입니다. 그 자리에서는 모두가 즐겁게 웃으며 미래를 그렸으면 합니다."

사대 세가의 주인들은 여기서 잠시 초류향의 말을 듣다가 눈치를 살폈다.

사전에 이야기된 바가 있었던 것이다.

"사실 그에 대하여 건의드릴 것이 있습니다, 소교주님."

"말해 보세요."

초류향이 승낙하자 천태악이 조심스러운 태도로 입을 열었다.

"소교주님께서는 이제 성인이 되지 않으셨습니까? 그리고 곧 즉위식을 통해 본 교의 실질적인 주인이 되시겠지요. 수십만의 교도들을 이끌어 가실 영도자가 되시는 겁니다."

"……그렇지요."

대체 무슨 소리를 할 생각일까?

초류향이 도통 짐작이 가지 않는다는 얼굴을 해 보일 때.

잠시 망설이며 주변을 둘러보던 천태악이 다른 사대 세가의 주인들

이 눈치를 주자 결국 결심한 듯 입을 열었다.

"그렇다면 소교주님께 걸맞은 배필이 있어야 마땅하지 않겠습니까?"

초류향은 순간 눈을 몇 번 깜빡거렸다.

"……배필이요?"

"예."

초류향은 천태악의 말을 자신이 잘못 이해하고 있나 싶었다.

그래서 그답지 않게 재차 물었다.

"지금 제 반려자를 말하고 있는 것이 맞습니까?"

"예. 정확하게 이해하고 계십니다, 소교주님."

"……."

이 예상치도 못했던 말에 초류향은 순간 당황했고, 그것은 운휘와 노진녕 역시 마찬가지였다.

그들에게도 반려자라든가 배필이라는 말은 어색하기 그지없었던 것이다.

초류향의 편에 서 있는 사람들 중 침착한 태도를 보이고 있는 사람은 전박뿐이었다.

그는 사대 세가의 제안을 듣자마자 눈을 번뜩이며 무언가를 열심히 계산하고 있었다.

"……너무 당황스러운 말입니다. 게다가 저에게는 아직 이른 이야기이기도 합니다."

초류향은 등에서 식은땀이 흐르는 것을 느끼며 곤란한 얼굴을 해 보였다.

그러자 천태악은 고개를 저었다.

그는 그 어느 때보다 단호하게 말했다.

"이르다니요. 이제 성인이 되셨으니 당연히 고민해 보셔야 하는 문제입니다. 게다가 교도들을 위해서도 그게 좋습니다."

"그게 무슨 말씀이십니까?"

"일찍 가정을 만드시면 그만큼 빨리 본 교에 정을 붙이실 수 있지 않겠습니까? 우선은 마음을 붙일 기반을 만드시는 것이 중요할 듯싶습니다."

"……."

가정을 만든다.

이 단어는 초류향에게 상당히 큰 의미로 다가왔다.

'아직까지도 나는 외부인이라 이건가?'

그러고 보면 천마신교가 외부에서 후계자를 정해 데려온 경우는 극히 드물었다.

천 년이라는 기나긴 역사 동안 초류향을 제외하면 단 한 번이 있었을 뿐이다.

'그마저도 정확하게는 외부인이 아니었지.'

천마신교에서 축출당했던 가문.

그 가문에서 후계자가 나왔던 것이다.

초류향처럼 완벽하게 외부에서 후계자를 들인 경우는 전례가 없었던 셈이다.

천태악의 말은 정확하게 그 부분을 짚고 있었다.

“소교주님의 교주 즉위식이 끝나고 나면 곧장 저희 사대 세가에서 성대한 연회를 준비하겠습니다. 소교주님은 그때 오셔서 마음에 드는 여인이 있으면 고르시기만 하면 됩니다.”

“……그게 무슨.”

말도 안 되는 소리냐는 말을 하려는데 귓가에 전박의 전음이 들려왔다.

『저는 저들의 제안을 받아들이시는 것도 나쁘지 않다고 생각합니다.』

『어째서 이런 황당한 제안을 받아들이라는 겁니까?』

초류향이 살짝 흥분한 어투로 말하자 전박은 잠시 머릿속으로 떠오르는 여러 가지 생각을 차분하게 정리한 후 입을 열었다.

『저들은 지금 불안해하고 있습니다.』

『그게 무슨 뜻입니까?』

『소교주님께서 저들을 용서하고 품 안에 품으셨지만 저들은 그것을 순순하게 받아들이지 못하는 겁니다. 당장 소교주님이 마음먹기에 따라서 가문이 박살이 날 수도 있으니 더욱 그렇겠지요. 그래서 나름의 안전장치가 필요하다고 생각하는 겁니다.』

『그 안전장치가 혼인이라는 겁니까?』

초류향이 얼굴을 찡그리자 전박은 선선히 고개를 끄덕였다.

『그렇습니다. 이것은 지금의 저들이 생각해 낼 수 있는 최고의 선택이자 묘수군요. 저도 오늘 한 수 배웠습니다.』

초류향은 몇 번이나 입을 열어 무언가를 말하려다가 최대한 화를 가라앉히며 침착하게 생각에 잠겼다.

그러고는 한발 물러선 입장에서 말했다.

"그 제안을 받아들이는 것은 어렵지 않지만, 본인의 의사도 존중해 줘야 하는 것 아니겠습니까?"

천태악은 고개를 갸웃거렸다.

"본인의 의사라니, 그것이 무슨 말씀이십니까?"

"혼인으로 맺어질 사람들의 의사 말입니다."

천태악은 그제야 초류향이 무슨 말을 하는지 이해했다.

그는 사람 좋은 웃음을 입가에 그리며 다른 사대 세가의 주인들을 바라보았다.

그들 역시 천태악과 비슷한 웃음을 얼굴 가득히 그리고 있었다.

'뭐지?'

자신이 뭔가 이상한 말을 한 것일까?

초류향이 심각한 얼굴로 자기가 내뱉은 말을 곰곰이 되새기고 있을 때.

곁에서 듣고만 있던 용씨 세가의 주인.

용무화가 만면에 미소를 그리며 입을 열었다.

"소교주님."

"말씀하십시오."

"소교주님께서는 지금 무언가 오해를 하고 계십니다."

"제가 오해를 하고 있다고요?"

"예."

대체 무엇을?

초류향이 어리둥절한 얼굴을 하자 천태악에게 눈짓한 용무화가 앞으로 나섰다.

전박과 초류향이 조금 전 전음으로 무언가 은밀하게 대화를 나누었다는 것은 그들도 알 수 있었다.

사실 전박이라면 지금 자기들이 짜 온 계획을 어느 정도 간파할 거라 생각하긴 했다.

'하지만 이건 눈치채도 상관없지.'

서로에게 아무런 피해 없이 쌍방에 이득만 있는, 그런 훌륭한 계획이었으니까.

아까 전박은 초류향에게 안전장치라는 표현을 썼지만, 사대 세가는 조금 다른 시각을 가지고 있었다.

'이건 엄밀히 말하자면 족쇄다.'

옛말에 묘두현령(猫頭懸鈴, 고양이 목에 방울 달기)이라는 말이 있다.

그것이 아마 지금 상황에 가장 어울리는 말일 것이다.

초류향처럼 다루기 힘든 존재는 어느 정도 그를 제어할 수 있는 수단이 필요했다.

맨몸으로 맞서 싸우기에는 초류향은 너무도 똑똑하고 강했기 때문이다.

어디로 가는지, 어떻게 움직일지 어느 정도는 적어도 예측할 수 있어야 대응을 할 것이 아닌가?

'게다가…….'

초류향 주변에 있는 인물들 역시 초류향에게 너무 충직했기에 빈틈도 없었다.

사대 세가는 이 암담한 상황에서 어떻게든 돌파구를 찾아야 했고, 그래서 머리를 모아서 생각하다가 나온 결과물이 바로 이것이다.

'남자를 다루는 데에는 여자만 한 것이 없다.'

만고불변의 진리였다.

아무리 뛰어난 사내라도 계집의 치마폭에 한번 빠지게 되면 제어하기가 훨씬 쉬워진다.

게다가 지금 소교주의 나이대면 딱 혈기왕성할 때가 아니던가?

지금이라면 충분했다.

그랬기에 사대 세가에서는 이 계획을 조금 더 강하게 밀어붙일 생각이었다.

"지금 소교주님이 말씀하시려는 것은 선택받은 여자의 의사를 존중하자는 게 아닙니까?"

"……그렇습니다."

초류향이 조금 떨떠름하게 대답하자 용무화는 고개를 끄덕였다.

"그 부분이라면 소교주님께서 전혀 신경 쓰실 필요가 없습니다."

"어째서 그렇습니까?"

잘 이해가 되지 않았다.

신경 쓰지 말라니?

어떻게 신경을 안 쓸 수가 있단 말인가.

"소교주님께서 보시기에 지금 본 교에서 소교주님의 선택을 받고도 거절할 여자가 있으리라 보십니까?"

"……?"

이건 또 무슨 말일까?

초류향이 의아한 얼굴을 할 때.

뒤에 있던 운휘나 노진녕은 그제야 용무화의 말뜻을 이해하고 고개를 끄덕였다.

'하긴 지금 상황에서 소교주님이 선택하면 여자는 다 넘어오게 되어 있지.'

초류향은 곧 천마신교 내에서 절대의 권력을 가지게 될 것이다.

게다가 얼굴도 잘생긴 미남이고, 무공도 엄청나지 않은가?

'더불어서 머리도 좋지.'

노진녕은 거기까지 생각하다가 갑자기 서글픈 마음이 들었다.

이 세상이 너무 지나치게 불공평하다고 여긴 것이다.

만약 정말로 신이 있다면 한 사람에게 너무도 많은 것을 몰아준 것이 아닌가?

속으로 노진녕이 그런 우울한 생각들을 하고 있는 동안.

초류향은 아직도 혼란스러워하고 있었다.

그의 머리로는 용무화의 설명이 잘 이해가 되지 않았던 것이다.

초류향이 이런 방면으로는 조금 둔하다는 사실을 알아챘는지 뒤에서 지켜보고 있던 선우강진이 슬쩍 거들었다.

"솔직히 소교주님 정도 되는 조건이면 다들 결혼하고 싶어서 안달일 겁니다. 제가 여자로 태어났으면 진즉에 결혼하자고 달라붙었을 테니까요. 참으로 아쉽습니다."

"……!"

그제야 초류향은 용무화의 설명이 이해가 되었다.

동시에 초류향의 얼굴에 선명한 난처함이 떠올랐다.

第五章

등장

공손아리 일행은 튼튼한 마차를 타고 섬서성으로 이동하고 있었다.

린과 령은 마차 창 밖으로 보이는 풍경을 보며 조금씩 긴장하기 시작했다.

'여기서부터는 위험해.'

사천성을 벗어났으니 이제 더 이상 천마신교의 영역이 아니었다.

최대한 조심하겠지만 만약의 경우, 위험에 빠지거나 곤란한 상황에 처하더라도 지금부터는 외부의 도움을 바랄 수가 없었다.

린은 살짝 불안한 얼굴로 생각에 잠겼다.

'서찰이 도착하는 데 과연 얼마나 걸릴까?'

은밀하게 천마신교에 연락을 넣긴 했다.

하지만 그것이 얼마나 빠르게 천마신교에 도착할지는 미지수였다.

지금 린이 바라는 것은 단 하나였다.

그 서찰이 무사히 도착해서 은밀하게 호위 병력이 따라붙을 때까지, 아무런 사고가 일어나지 않는 것.

'그래도…….'

다행히 사천성을 벗어난 지난 이틀 동안은 별다른 사고에 휘말리지 않았다.

그렇지만 불안했다.

섬서성은 전통적으로 정도맹의 영역이기 때문이다.

그리고 사흘 째 되는 날 밤.

린의 불안은 정확하게 들어맞게 되었다.

"어디로 가는 마차지?"

마차를 가로막은 흑색 무복의 사내들.

창밖으로 그들을 바라보던 린의 얼굴이 딱딱하게 굳었다.

'북해빙궁?'

달빛 아래 드러나는 선명한 백룡의 문양.

저것은 북해빙궁의 표식이 아닌가?

'어째서 정도맹의 영역에 북해빙궁이 있는 거지?'

린은 당황스러운 얼굴을 해 보였다.

그녀들은 아직 북해빙궁과 정도맹의 충돌을 모르고 있었던 것이다.

잠시 동안 머릿속으로 오만 가지 생각들이 떠올랐다가 사라졌다.

하나 지금은 그런 것들을 생각할 때가 아니었다.

북해빙궁의 무인들이 의심스러운 눈빛으로 점점 마차 쪽으로 다가

오고 있었다.

'어떻게 하지?'

린과 령은 딱딱하게 얼굴을 굳혔다.

상대방의 숫자는 열 명.

게다가 전부 다 절정 고수였다.

'이쪽이 압도적으로 불리해.'

싸움이 벌어진다면 일방적으로 학살당할 것이 분명했다.

그녀들의 얼굴에 걱정스러운 기색이 떠오를 때.

천천히 마차를 포위한 북해빙궁의 고수들이 입을 열었다.

"목적지는 어디냐? 아니, 우선 마차에서 내려라."

북해빙궁의 고수.

그들의 우두머리 격인 무인, 파관호는 얼굴을 찡그린 채로 마차를 바라보고 있었다.

안에 분명 무림인이 타고 있었다.

'셋인가?'

두 명은 절정의 고수였고, 하나는 겨우겨우 일류 수준이 되는 정도.

'정도맹인가?'

파관호가 부여 받은 명령은 길목을 지키고 있다가 정도맹의 무인들을 처리하는 것이었다.

요 며칠 계속 허탕을 쳐서 마음을 비우고 있었는데 갑자기 수상한 녀석들이 걸려들었다.

지금 가장 중요한 문제는 이놈들이 전부인가 하는 것이다.

『주변을 살펴봐라. 근방에 이놈들 외에 더 있는지 확인해.』

『명령을 받듭니다.』

수하가 사라지고 얼마 지나지 않아 돌아왔다.

『속하가 보았을 때 반경 이백 장(대략 육백 미터) 내로는 수상한 움직임이 없었습니다.』

『좋군.』

파관호는 슬쩍 웃음 지었다.

그동안 줄곧 큰 도로를 지켰지만 이게 아니다 싶어서 작은 길로 시선을 잠깐 돌려 보았다.

그런 결정을 내리기가 무섭게 수확이 생기자 파관호는 은근히 기분이 좋아졌다.

"어떻게 할까?"

공손아리가 묻자 린과 령은 최대한 침착하려 애쓰며 입을 열었다.

"최악의 경우를 생각해야겠어요."

"최악의 경우?"

"예."

공손아리의 얼굴이 어두워질 때.

린과 령은 재빨리 임무를 분담했다.

령은 공손아리를 데리고 달아날 도주로를 파악하기 시작했고, 린은 품 안의 암기들을 준비하며 시간을 끌 갖가지 방법들을 구상했다.

하지만…….

'망했어.'

린은 절망적인 얼굴을 해 보였다.

그녀 혼자서 버틸 수 있는 시간은 거의 없다시피 했다.

얼마나 버텨야 천마신교의 호위대가 따라 올 수 있을까?

하루? 이틀?

'아니, 반나절도 힘들어.'

린이 그런 생각들을 하고 있을 때.

북해빙궁의 고수.

파관호가 입을 열었다.

"안 나올 생각이라면 마차를 통째로 부숴 주지."

"……."

"셋을 세겠다."

"……."

"하나."

파관호는 조용히 숫자를 세며 서서히 기운을 끌어 올렸다.

"둘."

잠시 무언가를 고민하던 공손아리는 이윽고 마음의 결정을 내린 듯 마차 문을 벌컥 열었다.

면사로 얼굴을 가린 여인.

공손아리가 먼저 마차에서 내리자 린과 령이 뒤따라서 내렸다.

마차 안에서 속수무책으로 공격을 당하는 것보다 마차 바깥이 대응하기 좋다고 판단했던 것이다.

"계집들이군."

파관호는 내력을 풀지 않은 채 공손아리 일행을 흥미롭게 바라보았다.

지금 시대가 어느 때인데 여자 셋이서 여행을 다니는 걸까?

무슨 목적으로?

"어디 소속이냐?"

린과 령이 머뭇거리고 있을 때.

공손아리가 앞으로 나서며 입을 열었다.

"저희는 천마신교 사람이에요."

"뭐? 천마신교?"

"네."

파관호의 눈이 가늘어졌다.

천마신교는 공공의 적이다.

그들은 그만큼 위험했기 때문이다.

잠시 그녀들을 훑어보던 파관호가 비릿하게 웃었다.

"무모할 정도로 솔직한 계집이군. 불행하게도 이곳은 너희 땅이 아니다. 그러니 각오는 했겠지?"

공손아리는 고개를 끄덕였다.

그녀도 알고 있었다.

하지만 앉아서 죽어 줄 순 없는 노릇이 아닌가?

"그쪽은 지금 정도맹과 싸우고 있겠지요? 저희와 괜히 얽혀서 좋을 것이 없지 않나요?"

파관호는 고개를 끄덕였다.

지금 북해빙궁과 정도맹은 치열하게 싸우고 있었다.

그들은 서로가 서로의 거점을 뺏고 빼앗기며 한 치도 물러서지 않고 버티고 있었던 것이다.

아마도 저 여자는 그것을 염두에 두고 말하는 것 같은데 이것은 대단히 잘못 짚은 것이다.

"물론 정도맹과의 싸움도 중요하지. 하지만 상대가 마교라면 이야기가 완전히 다르다."

파관호는 자신의 검에 기운을 모으며 웃었다.

"순순히 따라가겠느냐 아니면 여기서 죽겠느냐?"

공손아리의 얼굴이 어두워질 때.

그녀의 옆에 묵묵하게 서 있던 린이 서서히 호흡을 고르며 최대한 기운을 끌어 모았다.

자신과 령이 한순간에 돌입해서 포위에 구멍을 만들어야 했다.

그래야 한 줄기 희망이라도 있을 테니까.

그렇게 린과 령이 막 결의를 다질 때.

공손아리는 자신도 모르게 고개를 갸웃거렸다.

'뭐지?'

그녀의 눈에 조금 엉뚱한 것이 들어왔던 것이다.

나뭇가지 위에 살짝 엉덩이를 걸치고 걸터앉아 있는 새하얀 토끼.

어딘가 익숙한 느낌이었다.

나무 위를 조금 더 자세히 관찰하던 공손아리는 자신도 모르게 작

게 감탄사를 터트렸다.

"아!"

그것이 시작이었다.

린과 령이 소매에 있던 바늘 같은 암기를 사방에 뿌리며 앞으로 빠르게 질주했다.

쐐애애액—

"잔재주!"

파관호의 입가에 비웃음이 떠올랐다.

엄청난 숫자의 암기였다.

하지만 저렇게 힘이 실리지 않은 허술한 암기에 당할 멍청이는 그들 중에 아무도 없었다.

차차차창—!

검을 몇 번 흔들어 새털처럼 가벼운 암기를 털어 낸 파관호는 한 걸음 뒤로 물러섰다.

어느새 린과 령이 지척까지 다가왔기 때문이다.

우웅—

린과 령의 두 손에 맺혀 있던 푸른색 기운이 파관호를 양쪽에서부터 짓눌러 왔다.

'협공이라…….'

지금의 그녀들로서는 이것이 최선의 선택이었을 것이다.

하지만 문제는 협공은 그녀들만 할 줄 아는 게 아니라는 점이다.

콰콰쾅—!

"크!"

린과 령은 동시에 뒤로 주르륵 밀려나며 입에서 피를 게워 내기 시작했다.

파관호와 충돌하기 직전.

그녀들은 등 뒤에서 막강한 공격들이 쏟아져 들어옴을 느꼈다.

그 순간은 어쩔 수 없이 선택을 해야만 했다.

이대로 계속 공격해 들어간다면 분명 파관호에게 치명상을 입힐 수 있을 것이다.

하지만 뒤에서 쏟아지는 공격을 맞고 즉사할 것이 분명했다.

갈등은 짧았다.

그녀들은 공손아리를 두고 죽을 수 없었던 것이다.

때문에 둘 모두 같은 선택을 했다.

'뭐 덕분에 죽지는 않았지만…….'

린은 씁쓸한 눈빛으로 파관호를 바라보았다.

이제 더 이상 기회는 없었다.

절망적인 상황이었는데 이 상황에서 공손아리만 태연한 얼굴이었다.

'우리를 그렇게 믿으시는 건가?'

린이 고개를 갸웃거릴 때.

공손아리가 품에서 약을 꺼내어 린에게 먹이며 말했다.

"많이 아파?"

이 심각한 상황에 전혀 어울리지 않는 여유롭고 한가한 어투에 린은 피식 웃으며 칭얼거렸다.

"예. 딱 죽을 만큼 아파요."

"그럼 린과 령은 잠깐 쉬고 있어."

린은 눈을 깜빡거렸다.

지금 자기가 쉬면 누가 북해빙궁의 고수들을 상대한다는 말인가?

그 의문은 곧장 풀렸다.

공손아리는 북해빙궁의 고수들을 한 번 둘러본 후 위쪽으로 고개를 들며 입을 열었다.

"나 도와줄 거지요? 그러려고 여기 온 거 맞죠?"

"무슨 개수작이지?"

분명 주변에는 아무도 없었다.

파관호가 얼굴을 찌푸릴 때.

아무도 없을 터인 위쪽에서 장난스러운 음성이 들려왔다.

[크크크, 인간 주제에 가끔 진안(眞眼, 사물의 진실을 꿰뚫어 보는 눈)을 가지고 태어나는 녀석이 있다더니 사실이었군.]

"……!"

모두의 시선이 위로 향했을 때.

그들은 보았다.

배꼽에 꽃잎을 달고 있는 새하얀 토끼 한 마리를.

희끄무레한 구름 같은 것을 탄 토끼가 허공에 둥둥 떠 있었다.

파관호를 비롯해서 린과 령의 얼굴에 경악이 떠오를 때.

공손아리는 약간 기쁜 얼굴로 막수를 똑바로 바라보며 입을 열었다.

"소교주님이 보내신 건가요?"

[그래. 그 건방진 애송이가 보냈지.]

"그분이 막수 님에게 절 보호하라고 명령하셨어요?"

[명령? 쯧, 네 눈에는 내가 고작 인간 따위의 명령을 들을 하찮은 존재로 보이느냐?]

공손아리는 고개를 저었다.

지금 그녀의 눈에는 똑똑히 보였다.

막수 주변에 가득한 엄청난 힘이.

그것은 감히 인간이 어떻게 해 볼 수 있는 수준이 아니었다.

[그놈이 정중하게 부탁을 했다. 나에게 너를 돌봐 달라고 아—주 정중하게.]

막수는 '정중하게'라는 부분을 거듭 강조하며 툴툴 웃었다.

[네 눈이 뜨여 있다는 것을 알았으면 진즉에 모습을 드러낼 것을 그랬다. 괜히 숨어 다니느라 일만 힘들게 했었네.]

파관호는 지금 정신이 없었다.

토끼가 하늘에 떠 있는 것도 놀라운 판인데 그놈이 말을 하고 있지 않은가?

'말하는 토끼라니?'

그로서는 난생처음 접하는 신기한 광경이었다.

게다가 돌아가는 상황을 보아 하니 저 괴물 놈은 그들의 적인 것 같았다.

'그렇다면…….'

저놈이 적이라면 이야기는 아주 간단했다.

처리하면 되는 것이다.

신기해하고 놀라는 것은 그 이후에 해도 될 문제였다.

'후우우.'

파관호는 조심스럽게 몸 안의 탁한 기운을 바깥으로 내뿜으며 검끝에 내력을 모았다.

동시에 두 다리에 힘을 주어 허공으로 도약했다.

그러자 토끼가 순식간에 가까워졌고, 파관호의 손이 빠르게 움직였다.

슈아악—!

순식간에 앞으로 찔러져 나간 검이 토끼의 몸통을 통째로 꿰뚫었다.

하지만…….

'느낌이 없다.'

빈 허상을 찌른 것이다.

그것을 깨달은 파관호는 얼굴을 찌푸렸다.

그리고 바닥에 착지한 후 고개를 돌려 주변을 살펴보았다.

'어디 갔지?'

놈의 기척이 거짓말처럼 사라져 있었다.

토끼를 찾으며 사방을 둘러보던 파관호는 문득 수하들이 그를 괴이한 시선으로 바라보고 있다는 사실을 깨달았다.

"무슨 일이냐?"

"……."

수하들이 대답하지 않고 그저 애매한 시선으로 그를 바라보고만 있자 파관호는 눈살을 찌푸렸다.

그런데 가만히 보니 수하들의 시선은 정확하게 그를 향하고 있는 게 아니었다.

그보다 조금 위쪽을 응시하고 있지 않은가?

그것을 깨닫자마자 파관호의 머리 위쪽에서 음흉한 음성이 들려왔다.

[크흐흐, 이 위대한 어르신의 말씀을 방해했으니 마땅히 그 각오는 했겠지, 애송이?]

파관호는 등에서 느껴지는 어마어마한 압박감에 얼굴을 크게 일그러뜨렸다.

* * *

인생을 살다 보면 가끔 좋은 일도 있는 법이다.

그 말은 반대로 평소에는 인생이라는 것이 그다지 좋지 않다는 뜻이 된다.

검버섯 노인은 그 말에 극히 동감했다.

천자후에게 납치되어 끌려가면서 검버섯 노인은 자신의 길었던 지난 인생을 되돌아보았다.

'딱히 좋았던 기억은 없구먼.'

아니, 곰곰이 생각해 보니 최근에 하나 있긴 있었다.

독인을 만들어 낸 것.

그것이 그의 인생에서 가장 즐거웠던 일이자 행복했던 기억이었다.

문헌상으로만 존재하던 것을 실제로 재현해 내었다는 데에서 오는 희열이 엄청났으니까.

“성가시게 되었다.”

천자후가 자신의 충직한 수하이자 추적과 살인의 달인인 마노를 보며 입을 열었다.

“흔적을 정말 완벽하게 지웠느냐?”

“그렇습니다.”

당당하고 확고한 어투.

천자후는 이 고집스러운 노인을 신뢰했다.

자신의 분야에서는 그 누구에게도 양보하지 않는 실력자였던 것이다.

“한데 어째서 추적이 떨어지지 않는 것이냐? 네 생각은 어떠하냐?”

“이쯤 되면 의심스러운 것이 하나 있긴 합니다. 소가주님.”

“그게 뭐지?”

마노는 신중한 얼굴로 입을 열었다.

“천리향입니다.”

“……그렇군. 그게 있었지.”

천리향(千里香).

천 리 거리에 있어도 그 독특한 향기를 맡을 수 있다 해서 붙여진

이름이다.

하나 역설적이게도 보통의 사람은 그 향기를 맡을 수가 없고, 이것을 직접 만든 사람이나 특수한 훈련을 받은 사람만이 향을 맡을 수 있었다.

"저희들에게 뿌렸던 암기에 그것이 섞여 있었다면…… 이화궁의 미친개를 완전히 따돌리는 것은 불가능합니다."

"일이 성가시게 되었군."

천자후는 한숨을 내쉬었다.

격전 중이었다.

게다가 시간이 없었다.

이화궁의 계집들이 던져 대는 암기를 일일이 피할 수는 없었기에 대충 몸으로 때우거나 무기로 걷어 내었다.

아무래도 그때 천리향이 몸에 묻은 모양이다.

"천리향을 제거할 방법이 없는 것은 아니지만…… 그럴 시간이 없다는 게 문제입니다."

"그렇겠지. 광견이 쫓아오고 있으니까."

이화궁의 미친개.

선우초린이 멀리서 입에 거품을 물고 추적해 오고 있었다.

게다가 그 계집에게는 조력자들도 많았다.

'아무래도 명분이 있으니까.'

이화궁을 무단으로 침입한 것.

거기에 이화궁의 무인들을 죽이고 건물을 불태운 것까지 더하면 명분은 너무나도 확실히 저쪽에 있었다.

그런 반면 이쪽은 소수였고, 지닌바 능력도 다 드러내기 어려운 상황이 아닌가.

이대로 사로잡히게 된다면 사지육신이 멀쩡하게 끝나기는 어려울 것이다.

"도박을 한다."

"도박이요?"

"그래. 우리들 중 누구에게 천리향이 묻어 있는지도 모르는 상황이고, 더 이상 시간을 끌기도 어려우니까."

천자후는 아까부터 작은 목소리로 혼잣말을 중얼거리고 있는 검버섯 노인을 등에 업으며 말했다.

"흩어진다. 나는 곧장 소교주님을 찾아가서 이 영감을 넘기고 선처를 구해 보겠다."

"……알겠습니다."

"그때까지 버텨라. 이게 무슨 말인지 알겠지?"

"소가주님의 명을 받듭니다."

마노를 비롯한 추적대의 인원들이 뿔뿔이 흩어지자 천자후는 달렸다.

지금 초류향이 어디에 있는지는 너무나도 명백했다.

'최대한 빠르게 간다.'

복면은 벗어 던졌다.

더 이상 쓰고 있어 봐야 의미가 없었으니까.

그는 초류향이 지금의 상황을 해결해 줄 유일한 사람이라고 보았다.

'일이 더럽게도 꼬였군.'

본래는 조용하게 해결하려고 했다.

하나 이화궁의 저항이 생각보다 거셌기에 어쩔 수 없이 과하게 손을 썼다.

덕분에 이제 예정에도 없었던 시간과의 싸움을 하게 생겼다.

쐐애애액—!

천자후의 신형이 쏘아진 화살처럼 앞으로 튀어나갔다.

*　　*　　*

초류향은 오랜만에 꿈을 꾸었다.

그 꿈속에서 초류향은 공손천기를 만났다.

"오랜만이구나."

"그러게 말입니다."

초류향이 공손천기를 보면서 웃음 짓자 공손천기는 자신의 턱을 쓰다듬으며 히죽 웃었다.

"이거 전혀 놀라지 않는데?"

"실망하셨습니까?"

"조금. 처음 한 번 정도는 놀랄 줄 알았거든. 여전히 인간미가 없구나."

초류향은 입가에 가느다란 미소를 그렸다.

"스승님이야 이곳에 계셨을 때도 워낙에 특이하신 분이셨으니 세상에 안 계신 지금, 갑작스레 꿈에 나오셔도 전혀 이상하지 않지요."

초류향이 웃으며 이야기하자 공손천기는 어색한 얼굴로 뒷머리를 긁적였다.

그 모습을 물끄러미 바라만 보고 있던 초류향이 불쑥 입을 열었다.

"보고 싶었습니다."

"……그러하냐?"

"예. 이제야 나타나신 것이 서운할 정돕니다. 이게 단순히 꿈이라고 해도 좋군요."

초류향의 직설적인 표현에 공손천기는 피식 웃었다.

"네 입에서 그런 낯간지러운 이야기가 술술 나올 줄은 정말 몰랐다. 과연 시간이 많이 지나가긴 한 모양이다."

공손천기는 근처에 있는 탁자에 편안하게 몸을 기대며 뜬금없이 입을 열었다.

"어떠하냐?"

"좋습니다."

"……너는 내가 뭘 물어봤는지는 알고 좋다는 거냐?"

"요즘 근황을 물어보신 게 아니었습니까?"

"위에서 봐도 질리게 보이는 것을 물어봐야 무엇하겠느냐?"

초류향은 가만히 눈만 몇 번 깜빡이다 공손천기에게 바짝 가까이 다가갔다.

“그럼 정말 이게 꿈이 아닙니까? 저는 이게 꿈이라고 생각했습니다.”

“꿈이긴 꿈이지. 그렇지만 아니기도 하다.”

공손천기가 묘하게 웃자 초류향이 얼굴을 일그러뜨렸다.

“꿈이 아니라는 말입니까?”

“글쎄다.”

아리송한 대답이었다.

초류향이 재차 물으려 입을 여는데 공손천기가 그것을 제지했다.

그리고 말했다.

“지금의 내 모습이 어떠하냐고 물었던 것이다.”

초류향은 공손천기를 바라보았다.

안 본 사이에 공손천기는 굉장히 젊어져 있었다.

아니, 젊어진 정도가 아니라 어려져 있었다.

소년의 모습을 하고 있었던 것이다.

“그러고 보니 왜 그런 모습이십니까?”

“나에게는 늙은 모습이 어울린다는 거냐?”

“그런 것은 아니지만 그 모습은 처음 보니 이상합니다.”

초류향이 꿈속이라 생각했던 이유는 공손천기의 이런 모습 때문이었다.

난생처음 보는 소년의 모습을 하고 있었지만, 초류향은 그가 공손천기라는 것을 단박에 알아보았다.

하지만 오히려 그랬기에 꿈이라 여긴 것이다.

"뭐 이런 겉치레야 아무래도 좋겠지."

공손천기는 자신의 헐렁한 도포를 만지작거리다가 입을 열었다.

"나도 네 녀석이 보고 싶었다. 그런데 그동안은 도저히 짬이 나지 않았지. 이번에 특별하게 시간을 내어서 온 것은 너에게 해 줄 말이 있어서다."

"경청하겠습니다."

"그다지 중요한 말이 아닐 수도 있겠다만, 그저 걱정이 되어서 말이다."

초류향은 고요한 얼굴로 그의 스승을 바라보았다.

외관이나 형태가 어찌 되든 그것은 중요치 않았다.

사실 초류향은 그가 나타난 목적조차도 그다지 중요하지 않았다.

지금은 다만 이렇게 꿈이라는 것을 빌려 스승님이 나타나 주었다는 사실 하나만으로도 충분했다.

"내가 해 줄 말이 무엇인지 궁금하지 않으냐?"

"궁금합니다."

공손천기는 씨익 웃었다.

그리고 약간 말을 돌렸다.

"그건 그런데 확실히 의외로구나."

"무엇이 말입니까?"

"이것저것 나에게 묻고 싶은 게 많이 있지 않았느냐? 너무 조용하니 오히려 불안할 정도다."

초류향은 의미심장하게 웃었다.

그 웃음은 묘하게도 공손천기의 그것과 매우 닮아 있었다.

"물어본다고 쉽게 대답해 주실 분이 아니지 않습니까?"

"어허? 언제부터 그렇게 이 위대한 스승님을 불신했느냐, 제자야?"

"꽤나 오래 전부터입니다만."

초류향의 대답에 공손천기가 피식 웃으며 말했다.

"생각보다 원망은 많이 하지 않더구나. 기억을 되찾게 되면 욕을 쏟아 낼 줄 알았는데 그게 아니라서 실망했다."

"하늘 같은 스승님에게 욕을 할 수가 있겠습니까? 그저 마음속에 담아 둘 밖에요."

"아주 훌륭한 태도다."

둘은 그렇게 한동안 가벼운 이야기를 나누었다.

그러다 공손천기는 그의 제자를 바라보며 입을 열었다.

"제자야."

"예, 스승님."

슬슬 본론이 나오나 싶어서 초류향은 공손천기를 뚫어지게 바라보았다.

"나는 가끔 네 재주가 걱정이다."

초류향은 잠시 어리둥절한 얼굴로 공손천기를 바라보았다.

재주가 걱정이라니?

한 번에 이해가 되는 말은 아니었다.

"제자의 재주가 뛰어나니 스승으로서 마땅히 기뻐해야 맞겠지만…… 어쩐지 말이다, 걱정이 될 때가 있다."

말을 하며 공손천기는 이미 훌쩍 자란 초류향의 머리를 쓰다듬었다.

"내 말이 이상하더냐?"

"예."

"그래, 이상할 만도 하지."

공손천기는 다시 탁자에 걸터앉아 자신의 제자를 바라보며 입을 열었다.

"제자야."

"예, 스승님."

"강호라는 세상은 말이다. 가만히 들여다보면 참으로 비루한 세상이다."

비루하다?

어째서?

"좋은 옷을 입고, 맛있는 음식을 먹고, 가지고 싶은 모든 것을 가지게 되지만 곰곰이 생각해 보면 그것은 수없이 많은 적들의 목숨을 빼앗고 얻은 것이 아니더냐? 사람을 죽여서 빼앗은 것이니 이 얼마나 비루한 일이더냐?"

초류향은 공손천기의 말에 얼굴을 굳혔다.

그가 하려는 말이 무엇인지 짐작했기 때문이다.

"무예에 재능이 뛰어나다는 것은 바꿔 생각하면 그만큼 사람을 많이 죽일 수 있는 가능성이 있다는 말이다."

"……."

"앞으로 네가 하려는 일을 막고 싶지는 않다. 그것이 네가 가는 길이라면 얼마든지 가도 좋다. 다만 나는 네가 걱정될 뿐이다."

초류향은 가만히 그의 스승님을 바라보았다.

스승님이 걱정스러워하는 부분이 무엇인지 알았기 때문이다.

"스승님께서는 제가 강호에 나가 많은 사람들을 죽이게 되는 것이 염려스러우십니까?"

생전에도 극도로 살생을 피하려 했던 공손천기였으니 그럴 수도 있을 것이다.

그랬기에 초류향은 그 부분을 물었지만 돌아오는 대답은 전혀 의외였다.

"아니, 그거야 너의 선택이니 걱정하지 않는다. 몇 명을 죽이든 몇 천 명을 죽이든 그것이 네가 하고자 하는 일에 필요하다면 걱정하지 않지. 다만 그것 때문에 네 중심이 흔들리지 않기를 바랄 뿐인거다."

"중심이요?"

"그래. 살인에 익숙해져서 그것을 쉽게 생각하지 말라는 말이다. 손에 항상 여유를 가져라. 내가 너에게 이 부분에 대해 가르침을 내렸던 것을 기억하느냐?"

초류향은 고개를 끄덕였다.

똑똑히 기억한다.

"모든 일에 여유를 가지고 대처하라 했습니다."

"그래. 여유라는 것은 중요하다. 너는 근래에 그것이 너무 없었어. 쉽게 말하자면 평소에 좀 웃으라는 말이다, 이 녀석아."

초류향은 자신의 머리를 쥐어박는 공손천기를 보며 씁쓸하게 웃었다.

"근래에 웃을 일이 별로 없긴 했지요."

"네가 마음속에 여유라는 것을 가지면 모든 일이 흥미롭고 즐거워지는 법이다."

공손천기는 느긋한 자세로 앉으며 그의 제자에게 말했다.

"재미있게 살아라. 나는 네가 행복하기를 진심으로 바라고 있으니까."

그 말을 끝으로 공손천기의 몸이 점차 흐릿해지기 시작했다.

초류향은 그 모습에 퍼뜩 정신을 차려서 공손천기를 향해 손을 뻗었다.

"가지 마십시오! 스승님!"

"쯧, 너무 집착하는 남자는 매력이 없다."

초류향의 손길을 가볍게 피하며 공손천기가 웃었다.

아무리 초류향이 손을 뻗어 봐도 닿지 않았다.

그런 공손천기를 바라보던 초류향의 얼굴에 간절함이 떠오를 때.

공손천기가 말했다.

"일체유심조(一切唯心造, 세상의 모든 일은 마음먹기에 달림)라는 말을 항상 마음에 새겨 놓거라."

"……."

초류향은 점차 사라져 가는 공손천기를 바라보며 멍한 얼굴을 해 보였다.

그러다 갑자기 눈앞이 환해졌다.

그렇게 잠에서 깨어난 초류향은 한동안 멍한 눈으로 허공을 응시했다.

잠시 동안 말없이 허공을 바라보던 초류향의 입가에 문득 가벼운 미소가 그려졌다.

"한 번 가능했으니 언젠가 한 번 더 오실 수 있을 거라 믿겠습니다."

『……주군?』

지붕 위에 은신하고 있던 운휘가 의아한 말투로 묻자 초류향은 대답했다.

"별일 아닙니다. 그저 오랜만에 행복한 꿈을 꾸어서요."

초류향은 자리에서 일어나 몸을 한번 풀며 입을 열었다.

"그럼 오늘 하루도 힘내 봐야겠습니다."

흐트러진 머리를 가볍게 정돈하며 초류향은 미소 지었다.

이게 진짜 꿈이었든 아니든 그에겐 딱히 상관없었다.

그저 스승님을 만나서 기분이 좋은 초류향이었다.

第六章
마후

[그래도 명색이 선인인데 나같이 위대한 존재가 살생을 할 순 없는 노릇.]

막수는 파관호의 머리 꼭대기에 앉아 아래를 내려다보며 얄밉게 웃었다.

[그러니 딱 죽지 않을 만큼만 맞자꾸나.]

"……건방진!"

입을 열어 말을 한다지만 고작해야 하찮은 미물이 아닌가?

파관호는 몸을 옆으로 뒤집으며 막수를 향해 검을 휘둘렀다.

그것이 그의 마지막 저항이자 발버둥이었다.

막수는 대각선으로 베어 오는 검을 느긋하게 지켜보다가 자신의 귀엽고 앙증맞은 앞발을 들어 올렸다.

그러자 검이 막수의 발가락 사이에 끼었다.

"헛!"

파관호가 아무리 힘을 주고 난리를 피워도 검은 태산 아래 깔린 것처럼 움직이지 않았다.

"이익!"

용을 써 보았지만 허사였다.

[흐흐, 이제는 내 차례로군.]

막수는 히죽 웃으며 발가락에 힘을 주어 검을 중간부터 부러뜨렸다.

파관호가 너무도 힘없이 부러진 검을 쥐고 뜨악한 얼굴을 해 보일 때.

막수가 그에게 천천히 다가가며 흐뭇한 얼굴로 입을 열었다.

[요즘 하도 괴물 같은 인간들만 봐 와서 그런가, 네놈들처럼 평범한 인간들을 보니 참으로 기쁘구나. 그래, 이게 정상이겠지.]

초류향이나 공손천기.

역시 그 두 놈이 정말로 비정상적인 인간이었던 것이다.

'괴물 같은 놈들.'

물론 지금은 힘이 완전히 회복된 시점이니 과거와 같은 굴욕은 없겠지만, 여전히 그 녀석들을 제압하려면 상당한 노력이 필요하다.

'하지만…….'

그런 예외적인 경우를 제외한다면, 지금 눈앞에 있는 녀석 같은 놈들을 상대할 때는 하품이 다 나올 정도였다.

전혀 긴장감이 없는 것이다.

어떻게 요리할까 고민하며 느릿하게 다가가는데 놈이 발악하기 시작했다.

"저, 저 괴물을 죽여!"

그러자 그때까지 멍청하게 굳어 있던 북해빙궁의 무인들이 움직이기 시작했다.

그동안 길들여져 왔던 대로 명령에 의해 두려움을 이겨 낸 것이다.

사방팔방에서 미칠 듯한 검기의 폭풍이 쏟아졌다.

하지만 막수는 그 모습을 보며 헤벌쭉 웃어 보였다.

그 후 가슴을 당당하게 활짝 펴고 말했다.

[크흐흣, 어디 덤벼 보거라, 이 하찮은 인간들아!]

쿠콰콰광—!

폭음과 함께 막수 주변의 땅거죽이 들썩거렸다.

하지만 그뿐이었다.

그 어떤 공격도 막수에게 해를 입힐 수 없었다.

그의 육체는 작았지만 그 무엇보다 단단했고, 어떤 것으로도 상처를 입힐 수가 없었다.

[크크크, 역시 좋군.]

막수는 먼지구름 사이로 하얗게 질려 있는 인간들을 바라보며 말했다.

[이거 정말 간지럽지도 않구나. 푸하하하!]

쿵―

막수가 한 걸음 내딛자 묵직한 소리와 함께 바닥이 파였다.

다음 순간 막수는 도약해서 짧은 앞발로 파관호의 턱을 올려쳤다.

[우라차!]

빠억―!

"컥!"

이게 시작이었다.

완전히 일방적인 난타.

동에 번쩍 서에 번쩍하며 막수는 북해빙궁의 고수들을 맛깔나게 두들겨 팼다.

그 모습을 지켜보던 린과 령은 작게 감탄했다.

"와! 소군주님."

"응?"

"저 토끼가 예전에 데리고 다니셨던 그 토끼가 맞나요?"

"응. 소교주님이 기르던 그 토끼야."

소교주 초류향.

그 사람은 아무래도 저 토끼가 저런 엄청난 토끼라는 사실을 오래전부터 알고 있었던 모양이다.

'아빠 말이 맞았어.'

초류향.

그를 보며 공손천기가 했던 말이 있었다.

"저놈은 남들이 보지 못하는 것을 보고, 듣지 못하는 것을 듣는 놈이다. 지금도 저 정도인데 차후에 어떤 괴물이 될지 무척이나 기대가 되는 놈이지. 저 토끼의 탈을 쓰고 있는 괴물마저도 제 뜻대로 다루는 걸 보면 저놈은 정말 크게 될 놈이다."

그때는 그게 무슨 말인지 잘 몰랐다.

예전 공손아리의 눈에는 막수가 그리 대단해 보이지 않았다.

평범한 토끼처럼 보였던 것이다.

하나 지금은 아니었다.

그녀가 성인이 되자 자연스럽게 진안이 각성했고, 그 후로 그녀 역시 남들 눈에는 보이지 않는 것이 보였다.

그때 령이 뒤에서 작게 중얼거렸다.

"저 토끼님 정말 굉장한데요? 저분도 저를 기억할까요?"

"아마도 기억하겠지?"

"하긴 그럴 거예요. 제가 당근을 그렇게 많이 챙겨 드렸는데."

그때 마침 막수가 붕 날아올라서 마지막 남은 북해빙궁의 고수 하나를 이단 옆차기로 멀찍이 날려 보내고 있었다.

"짧은 팔다리를 저렇게까지 잘 활용하는 건 처음 봐요."

사실 막수는 신력을 써서 상대를 제압할 수도 있었지만 그러지 않았다.

순수하게 앞발과 뒷다리만 사용해서 북해빙궁의 고수들을 두들겨 패고, 바닥에 패대기쳤던 것이다.

그렇게 북해빙궁의 고수들을 늘씬하게 두들겨 팬 막수는 오만한 얼굴로 입을 열었다.

[이것이 바로 격의 차이다.]

"……."

막수는 쓰러져서 신음만 흘리는 적 위에 발 한쪽을 올려놓은 채 잠시 만족스러운 얼굴을 해 보였다.

그때.

짝짝짝—

공손아리가 막수를 바라보며 박수를 쳤다.

"굉장해요, 막수 님!"

막수는 거만한 얼굴로 고개를 돌렸다.

그리고 공손아리를 보며 말했다.

[흣, 이런 일은 이 어르신에게 별게 아니지.]

그리고 그는 자연스럽게 팔짱을 낀 후 얼굴을 찡그렸다.

[그런데 너는 왜 집을 나온 거지? 고작 이 정도도 감당 못 하면서 가출을 한다는 건 말이 안 되잖아?]

그랬다.

애초에 그녀에게는 감당이 안 되는 여행이긴 했던 것이다.

하지만 어쩔 수 없었다.

공손아리는 씁쓸한 얼굴로 입을 말했다.

"저 소교주님에게 차였어요. 그래서 창피해서 도망쳐 나온 거예요. 헤헤."

[응? 차였다니? 그 건방진 놈에게 네가?]

"네."

[그럴 리가 없을 텐데?]

그놈이 공손아리를 찼다고?

이건 애초에 말이 되지 않았다.

그 녀석이 공손아리의 안전을 부탁하면서 몇 번이나 거듭해서 신신당부하지 않았던가?

절대로 털끝 하나라도 다치게 해선 안 된다고.

그 녀석 답지 않게 수차례 강조했었다.

그건 누가 봐도 자신의 연인을 챙기는 사내놈의 태도가 아니었던가?

'그런 녀석이 찼다고?'

뭔가 대단히 수상했다.

그 건방진 놈이 이 계집애에게 숨기고 있는 시커먼 꿍꿍이가 느껴졌지만 굳이 말해 줄 필요는 없었기에 막수는 모르는 척했다.

'입이 근질근질하구만.'

하나 끼어들 생각은 없었다.

남의 연애사에 끼어들어 봤자 막수에게는 아무런 이득이 없었으니까.

그때.

가만히 막수를 바라보던 공손아리가 머뭇거리다가 그에게 가까이 다가왔다.

막수가 의아한 눈으로 바라보고 있을 때.

공손아리는 멈칫멈칫하더니 곧 조심스러운 태도로 막수를 안아 들었다.

[……응?]

막수를 품에 꼬옥 안으며 공손아리가 말했다.

"고마워요, 막수 님."

[…….]

"아빠가 돌아가신 후라 막막하던 참이었는데…… 도와주셔서 정말 감사합니다."

막수는 잠시 어색한 얼굴을 해 보였다.

[……흠흠, 나 말고 그 건방진 놈에게 감사하다고 해라. 나야 그 녀석의 '정중한' 부탁을 받고 하는 일이니…….]

공손아리는 초류향의 이야기가 나오자 잠깐 멈칫했다.

그러다 곧 힘없이 웃으며 말했다.

"소교주님에게는 나중에 보답할 일이 있겠지요."

아마 만나기 어려울 것이라 여겨졌다.

지금의 공손아리는 되도록 초류향을 보고 싶지 않았기 때문이다.

하지만 참으로 묘한 것이 한편으로는 초류향이 너무 보고 싶기도 했다.

그를 만나서 왜 막수를 자신에게 붙여 준 것인지 그 이유도 묻고 싫었고, 정말로 자신을 좋아하지 않는 것인지 다시 한 번 확실하게 확인하고 싶었다.

'하지만 이제는 그럴 용기가 없어…….'

단순히 아빠의 딸이기 때문에 보호해 주겠다는 말을 들었다.

너무도 민망하고 부끄러웠다.

공손아리는 그때를 생각하며 막수를 더더욱 품에 꼬옥 안았다.

막수는 그저 난감한 얼굴을 해 보일 뿐이었다.

그리고 속으로 생각했다.

'둘이 뭔 일이 있긴 있었구만.'

대체 둘 사이에 무슨 일이 있었던 걸까?

그것이 문득 궁금해지는 막수였다.

*　*　*

초류향은 그가 머물고 있는 후원의 정자로 천천히 걸어갔다.

잠이 깬 김에 느긋하게 산책을 하며 그동안 있었던 복잡한 일들을 정리해 보려던 참이었다.

'천마 홍순원…….'

그가 자신의 몸을 차지하려고 했던 사건은 다시 생각해 봐도 아찔한 기억이다.

덕분에 독인이 된 화령의 손에서 살아남을 수 있긴 했지만, 이것은 분명 대단히 불쾌하고 기분 나쁜 일이었다.

'그래도 제갈량 어르신이 계셔서 다행이다.'

그의 도움이 아니었다면 정말로 큰일이 날 뻔했다.

당시에 천마 홍순원은 압도적인 힘을 보이면서 강제적으로 그의 의식을 묶여 버렸던 것이다.

제갈량이 적절하게 등장하지 않았더라면 무슨 일이 어떻게 벌어졌을지 모른다.

'어떻게 되었을까?'

어렴풋이나마 몸 안에서 벌어지는 상황은 인식하고 있었다.

초류향에게도 제갈량이 홍순원의 의식을 통째로 봉인하여 어딘가에 처박아 두는 것이 느껴졌다.

'그것으로 끝.'

제갈량도 그 일에 대해 굳이 더 이야기하지 않았고, 초류향 역시 제갈량을 믿었기에 그 이상은 더 묻지 않았다.

잠시 복잡한 머릿속을 정리하다 초류향은 고개를 저었다.

생각해 보면 이미 지나간 과거일 뿐.

지금 당장은 눈앞에 닥친 현실에 대비해야 했다.

'반려자를 선택해야 한다라…….'

이 문제는 아직 초류향으로서는 한 번도 생각해 본 적이 없는 부분이었다.

그런 것까지 고려하기엔 아직 너무도 많은 것들이 남아 있었다.

제일 먼저 조기천 스승님의 복수도 해야 했고, 또 그것을 넘어서는 대의.

천하 통일을 위해 전력을 다할 때였기 때문이다.

'즉위식은 보름 뒤에 있다고 했다.'

즉위식이 끝나고 나면 초류향은 정식으로 천마신교의 교주가 된다.

정식으로 교주가 되면 곧장 막강한 권력을 휘두를 수 있다.

그의 말이 곧 절대적인 법이 되는 것이다.

'그만큼 책임도 따르는 자리지.'

수십만 명의 교도들.

그들의 인생을 완벽하게 책임져야 하는데 과연 할 수 있을까?

그들의 앞날을 책임질 만한 능력이 자신에게 있는 것일까?

그것이야 어찌어찌 해 나간다 치더라도, 사대 세가가 원하는 것은 어떻게 해결해야 할까?

'마후라고 했던가?'

교주의 반려자.

신의 대리자가 선택한 여자는 천마신교에서 따로 '마후(魔后)' 라 불렀다.

마후는 단순히 이름만 있는 명목상의 자리가 아니라 그 나름대로 막강한 권력을 가졌다.

교의 정책에 대해 상당한 발언권이 있었던 것이다.

게다가 그런 눈에 보이는 권한보다 더 무서운 것은, 마후가 직접적으로 교주에게 영향을 끼칠 수 있는 유일한 사람이라는 점일 것이다.

당연히 사대 세가에서 욕심을 부릴 만했다.

'거절해야 한다.'

아무리 사대 세가를 안심시키기 위해서라지만, 반려자를 택한다는 것은 지금의 초류향에게는 쉽게 받아들일 수 없는 문제였다.

'게다가…….'

초류향은 자신도 모르게 떠오른 공손아리의 얼굴을 서둘러 지우며 재빨리 다른 생각을 하기 위해 노력했다.

'지금은 허튼 곳에 신경 쓸 여력이 없다.'

초류향은 지금 이 순간 왜 공손아리의 얼굴이 떠올랐는지, 그리고 그녀를 생각하면 왜 마음이 번잡해지는지 애써 생각하지 않으려고 노력했나.

생각하면 할수록 점점 빠져나오기 어려우리라는 것을 어느 순간 깨달았기 때문이다.

그렇게 초류향이 머릿속의 복잡한 생각들을 정리하고 있을 때.

저 멀리, 초혜정의 입구 쪽이 소란스러워졌다.

'무슨 일이지?'

어지간한 일이 아닌 이상 초혜정에서 소란을 피우는 일은 있을 수 없었다.

일단 초혜정을 지키는 무인들이 모든 인원들의 출입을 사전에 통제하기 때문이다.

허락이 된 몇몇을 제외하고서는 애초에 출입조차 불가능했다.

'그렇다면…….'

허락되지 않은 누군가가 이 소란을 만들고 있다는 뜻이 아닌가?

초류향은 호기심이 생겼기에 슬쩍 신경을 그쪽으로 집중했다.

그러자 그의 머리 위로 붉은색 눈이 생기더니 곧장 허공에 높게 떠오르기 시작했다.

붉은색 눈이 높이 떠오르면 떠오를수록 시야가 무시무시할 정도로 넓어졌다.

붉은 눈의 시야가 닿는 범위 안의 모든 것을 세세하게 관찰할 수 있는 것이다.

과거에는 그 한계가 고작해야 반경 백 장(대략 삼백 미터)이었다.

하지만 지금은 집중하면 삼백 장(약 구백 미터)도 무리 없이 관찰할 수 있었다.

'누구지?'

의식을 집중해서 초혜정의 입구 쪽을 바라보자 소란을 일으키고 있는 장본인이 눈에 들어왔다.

"지금 당장 소교주님을 만나야 한다."

"불가하오."

"그럼 말이라도 전해라. 후회하기 전에."

"그것 역시 불가하오."

"젠장! 너는 내가 여길 강행돌파하길 바라는 거냐? 못 할 것 같으냐?"

초혜정의 입구를 막아서고 있는 사내.

운휘의 후임자, 즉 현재의 초혜정주가 입가에 가느다란 미소를 머금었다.

"죽고 싶다면 그리 해 봐도 좋겠지."

천자후의 눈가에 경련이 떠올랐다.

그 누구에게도 아쉬운 소리를 해 본 적이 없었던 천자후다.

몇 번이나 부탁을 했는데도 상대방이 이렇게 무뚝뚝하게 나오자 슬슬 그도 화가 나기 시작했다.

"너희들이 나를 상하게 한다면 차후에 무사할 것 같나?"

지금의 초혜정주.

그는 눈을 가늘게 뜨며 입가에 비웃음을 그렸다.

"도련님께서는 가문의 힘을 너무 믿는군. 그런 것은 이곳에서는 통하지 않는다."

"빌어먹을! 말이라도 전해 달라니까?"

"고작 이런 일로 소교주님의 휴식을 방해하고 싶지 않다. 돌아가라."

초혜정주가 몸을 돌리고 천천히 문 안으로 사라지자 천자후는 분노했다.

"웃기지 마라!"

콰콰콰—!

그의 몸에서 사나운 기세가 뿜어져 나옴과 동시에 사방에서 어마어마한 살기가 그를 찍어 눌렀다.

'크!'

비록 천자후가 절정의 고수였지만 이곳에서는 별 소용이 없었다.

초혜정에 있는 모두가 절정의 고수였으니까.

'빌어먹을.'

천자후가 분노에 찬 신음을 속으로 터트릴 때.

아주 먼 곳에서부터 누군가의 음성이 들려왔다.

『그를 안으로 들여보내 주십시오.』

초류향.

그의 전음이 모두의 귓가에 들려온 것이다.

보통 고수들이 사용하는 전음(傳音)이라는 것은 내공을 사용하여 원하는 사람에게만 목소리가 들리도록 하는 것을 말한다.

당연히 거리가 멀면 멀수록 엄청난 내공 소모를 동반하고, 그마저도 일정 범위를 벗어나게 되면 아무리 내공을 소모하더라도 소리가 제대로 전달되지 않았다.

그래서 만들어진 것이 천리전음(千里傳音)이다.

천 리 거리에 떨어져 있는 사람에게도 목소리를 전달할 수 있는 전음술.

화경의 고수들 중에서도 아주 극소수의 고수들만 사용할 수 있는 이것은 막대한 내공 소모도 소모지만, 거리가 멀수록 세심한 내력 조절을 해야 하기에 목소리의 크기나 전달하려는 내용 등을 자유자재로 조절하기가 매우 까다로웠다.

'방금 소교주님께서 천리전음을 쓰신 건가? 그것도 나와 저 녀석을 포함한 모두에게?'

천자후는 어이없는 얼굴을 해 보였다.

이렇게나 엄청나게 떨어진 거리에서, 게다가 한 사람도 아니고 다수의 사람에게 정확하게 말을 전달하는 것은 언뜻 보기에는 쉬워 보일지 몰라도 사실 거의 불가능에 가까운 일이 아닌가?

'소교주님의 무공은 대체 어느 정도인 거지?'

화경의 고수라는 것은 알고 있었다.

하지만 그 정확한 무력은 아무도 측정하지 못했다.

천자후는 조금 전에 보여 준 천리전음으로 짐작해 보건대 어쩌면 초류향은 이미 삼황의 수준에 도달해 있는 게 아닐까 하고 짐작했다.

'게다가…….'

천리전음보다 더 황당한 것은 그들과 거리가 떨어져 있는데도 불구하고 상황을 정확하게 판단하고 명령했다는 점이다.

'이곳이 보인다는 말인가?'

이렇게 많은 장애물이 막아서고 있는데도?

말도 안 되는 일이었다.

어찌 되었건 천자후가 복잡한 얼굴로 우두커니 서 있을 때.

그의 앞을 막아서고 있던 초혜정주가 옆으로 비켜서며 길을 열었다.

"……안으로 들어가 보시지요. 천가의 후계자님."

"흥! 제법 정중한 태도로군."

초혜정주는 가볍게 고개를 끄덕였을 뿐.

따로 별다른 대꾸는 하지 않았다.

천자후는 그런 초혜정주의 옆을 지나쳐 앞으로 걸어갔다.
그의 등에는 검버섯 노인이 업혀 있었는데, 그 노인은 불안한 눈길로 주변을 둘러보고 있었다.
초혜정은 사대 가문의 사람이라도 함부로 들어올 수 없었다.
당연히 천자후 역시 이번이 처음인 것이다.
잘 꾸며져 있는 정원을 지나가며 천자후는 주변을 둘러보았다.
사대 세가에 있는 정원들보다 화려하거나 아름답지는 않았지만, 초혜정에는 말로는 표현하기 어려운 엄숙함과 고아함이 존재했다.
그것이 '기품'이라는 사실을 새삼 깨닫게 된 것은 초혜정의 가장 중심부인 인공 호수에 도착하고 나서였다.
인공 호수의 중심에는 작은 정자가 놓여 있었고, 그 정자에 초류향이 앉아서 그를 기다리고 있었다.
천자후는 조심스러운 태도로 초류향이 있는 정자에 다가가 검버섯 노인을 옆에 내려놓고 절했다.
"천씨 세가의 천자후가 소교주님을 뵙니다."
"어서 오십시오."
초류향은 천자후를 바라보았다.
이 사내는 대단히 유능한 사람이었다.
사리 판단이 빨랐고, 제법 운도 따라 주지 않던가?
그런 사람이 이렇게 약간 무모해 보일 정도로 초혜정에 들어오려고 한 이유가 무엇일까?
'저 노인 때문인가?'

누구일까?

노인의 정체가 무엇이기에 천자후가 이렇게 무리를 하려고 한 것일까?

초류향은 노인을 잠시 흥미롭게 바라보고 있다가 문득 떠오르는 생각에 입을 열었다.

"그자입니까?"

"예. 이자입니다, 소교주님."

천자후의 대답에 초류향의 얼굴이 눈에 띄게 밝아졌다.

초류향은 자리에서 벌떡 일어나 검버섯 노인의 이곳저곳을 살펴보며 입을 열었다.

"혈도를 제압해 놓은 겁니까?"

"예. 부득이하게 그렇게 되었습니다."

천자후의 말에 초류향은 잠시 미간을 찌푸렸지만 이내 크게 안도했다.

"어찌 되었건 잘된 일입니다. 건강에 이상은 없어 보이니 이제 화령을 치료할 수 있겠습니다."

천자후는 별다른 설명을 하지 않아도 단번에 상황을 파악하는 소교주를 보며 만족스럽게 웃었다.

이제는 이쪽의 부탁만 하면 되었다.

"소교주님, 사실은 한 가지 청이 있어서 이렇게 무리하게 찾아왔습니다."

"말씀해 보십시오."

초류향은 검버섯 영감의 혈도를 풀어 주며 천자후에게 고개를 돌렸다.

그러자 천자후가 잠깐 머뭇거리다가 입을 열었다.

"이자를 찾기 위해 추적을 하다가 아주 사소한 문제가 하나 생겼습니다."

"문제?"

"예. 이화궁의 무인들과 충돌을 하게 되었는데 사상자가 조금 나왔습니다."

초류향은 천자후의 말을 거기까지만 듣고 고개를 끄덕였다.

이건 거래다.

화령을 치료할 수 있는 이 노인을 찾아 주었으니 그것 때문에 벌어진 뒷일을 감당해 달라는 말이 아닌가?

"이화궁 쪽에 몇 명이나 사상자가 발생했습니까?"

"죽은 자가 둘. 그 외에는 다섯 정도가 중경상을 입었을 겁니다."

초류향은 잠시 머릿속으로 상황을 그려보았다.

현재의 이화궁의 궁주는 선우초린이다.

그녀가 궁주로 있는 이상 아마도 이번 일을 쉽게 넘어가려고 하지 않을 게 분명했다.

그렇다면 어떻게 해야 할까?

고민에 대한 해답은 그리 오래 생각하지 않아도 나왔다.

'그녀와도 거래를 해야겠군.'

이 문제를 덮으려면 그녀가 원하는 다른 무언가를 제공해야 했다.

그것이 '정치' 인 것이다.

현재 초류향이 절대적인 권력을 가지고 있는 '교주' 였다면 굳이 번거롭게 이런 거래를 고민하지 않아도 무관했다.

하지만 보름 뒤라면 모를까 적어도 지금은 교주가 아니었고, 그렇다면 은밀한 거래가 필요했다.

'무엇을 원할까.'

초류향은 선우초린이 요구할 무언가를 생각해 보았다.

이것 역시 답이 금세 나왔다.

'공손아리…….'

선우초린.

그녀는 이상하게도 공손아리에게 집착했다.

그 이유는 정확하게 모르겠지만 아무튼 유난스러울 정도였다.

그녀가 이번 일을 무마하는 데 대한 조건으로 공손아리에 대한 권리를 요구한다면 들어줄 수밖에 없었다.

'어쩔 수 없군.'

언뜻 보기에 천자후의 부탁은 굳이 들어줄 필요가 없는 문제 같지만 사실은 아니었다.

이것은 서로의 '신뢰' 에 관계되는 부분이었으니까.

'나를 믿고, 나를 위해 일을 저질렀으니 정말로 납득이 불가능한 일이 아니라면 부탁을 들어줘야겠지.'

약간 정치적인 계산에서 나온 거래였지만 초류향 역시 이런 부분을 받아들이기로 마음먹었다.

적어도 교주가 되기 전까지는 이러는 것이 옳았다.

"노력해 보지요. 이화궁주 성격상 조용히 넘어가 줄지는 모르겠지만 일단 말은 해 보겠습니다."

천자후는 고개를 끄덕였다.

그거면 충분했던 것이다.

초류향 본인은 잘 모르겠지만 현재 그가 가진 영향력은 상당히 컸다.

제아무리 광견이라 소문난 선우초린이라도 함부로 하긴 어려울 것이다.

"……은혜에 감사드립니다."

천자후가 다시금 이마가 바닥에 닿도록 절을 하며 말하자 초류향은 고개를 끄덕였다.

"이제 돌아가 보셔도 좋습니다."

천자후는 만족스러운 얼굴로 돌아갔다.

얻을 것은 다 얻었다 생각했기 때문이다.

그가 사라지고 난 뒤, 노인과 마주 앉은 초류향은 그를 가만히 바라보았다.

검버섯 노인은 두 눈의 초점이 흐려진 채 무언가를 계속 중얼거리고 있었다.

"그대가 화령을 독인으로 만든 사람이 맞습니까?"

"……."

작게 혼잣말을 웅얼거리던 검버섯 노인은 초류향의 입에서 독인이라는 단어가 나오자 움찔하며 입을 다물었다.

그리고 잠시 후, 두 눈의 초점이 서서히 돌아오더니 곧 몸을 일으켜서 초류향을 똑바로 바라보았다.

"독인이 여기에 있습니까, 도련님?"

초류향은 고개를 끄덕였다.

그리고 입을 열었다.

"그녀를 치료해 줘야겠습니다."

검버섯 노인은 미묘한 표정으로 초류향을 바라보았다.

그러다 히죽 웃으며 고개를 끄덕였다.

"저에게 그 아이를 보여 주시는 겁니까, 도련님?"

초류향 뒤에 은신해 있던 운휘는 노인의 말투에 눈살을 찌푸렸다.

『공손한 태도로 말해라. 네 앞에 계신 분은 장차 본 교의 교주님이 될 분이시다.』

낮게 으르렁거리는 말투.

검버섯 노인은 움찔하며 눈을 휘둥그레 뜨고 주변을 둘러보았다.

하나 그의 무공 수준으로 운휘의 은신을 간파할 수 있을 리가 없었다.

초류향은 화난 얼굴의 운휘를 슬쩍 바라보았다가 입을 열었다.

"시간이 없으니 바로 가 봅시다."

자잘한 예의는 신경 쓰고 싶지 않았다.

지금은 그저 화령을 치료하고 싶다는 생각뿐이었으니까.

초류향은 검버섯 노인을 데리고 화령이 머물고 있는 약제당을 찾아갔다.

그곳에서 선우조덕이 화령을 침술로 재워 놓고 있었던 것이다.

"어쩐 일이십니까, 소교주님?"

선우조덕이 의아한 얼굴로 입을 열자 초류향이 말했다.

"화령을 치료하기 위해 왔습니다."

"치료라면……."

잠시 고개를 갸웃하던 선우조덕은 초류향의 뒤편으로 주변을 두리번거리는 검버섯 노인이 들어오자 눈을 동그랗게 떴다.

그러다 화난 음성으로 입을 열었다.

"이놈! 네놈은 갈문적이 아니냐?"

검버섯 노인.

그는 선우조덕의 물음에 움찔하며 몸을 부르르 떨었다.

약간 흥분한 기색의 선우조덕을 보며 초류향이 입을 열었다.

"아는 자입니까?"

"예, 소교주님. 아주 악독한 놈입니다, 저놈은."

항상 너그럽고 인자한 선우조덕이었다.

그가 이렇게 분노한 모습은 처음 봤기에 초류향은 신선한 얼굴을 해 보였다.

"어떤 사람입니까?"

평소에 그렇지 않던 사람이 화를 내는 데에는 분명 그 이유가 있을 것이다.

게다가 느낌상 대단히 좋지 않은 이유가 있을 것이라 짐작할 수 있었다.

그 예상은 정확하게 들어맞았다.

“천인공노할 놈입니다. 살아 있는 인간을 가지고 인체 실험을 했던 녀석입니다. 오래전에 죽은 줄 알았는데 설마 살아 있었을 줄이야…….”

“……인체 실험이요?”

무슨 말인지 순간 이해가 되지 않았다.

그러다 그 말이 머릿속에 정확하게 입력이 되는 그 순간.

초류향의 얼굴에도 서서히 분노의 기색이 떠올랐다.

이건 어떤 이유에서든, 그 누구라도 용납이 되지 않는 일이었던 것이다.

뒤에서 눈치만 살피고 있던 갈문적이 상황이 좋지 않게 돌아가는 것을 본능적으로 느끼고 급히 변명을 하기 시작했다.

“내가 만졌던 사람들 중에 살아 있는 사람은 극소수였습니다. 대다수는 죽은 시체들이었고…….”

“인체 실험을 했다는 건 사실인가 보군.”

초류향이 서늘한 눈길로 입을 열자 갈문적은 당황한 얼굴로 말했다.

“새, 생명의 신비를 풀기 위해서는 불가피한 일이었습니다. 소교주님.”

“…….”

초류향은 입을 다물고 갈문적을 노려보았다.

검버섯 가득한 그의 얼굴 위로 식은땀이 흐를 때.

그에게서 고개를 돌리며 초류향이 냉정한 어투로 입을 열었다.

“일단 따라와라. 화령을 치료한 후에 네놈의 처후에 대해서 생각해 보지.”

“…….”

갈문적의 얼굴이 급격하게 어두워졌다.

곁에서 두 사람의 대화를 듣던 선우조덕이 한숨을 내쉬며 입을 열었다.

“이자가 독인을 만든 자입니까?”

“그렇습니다.”

“화령…… 그 아이는 정말 지독한 일을 당했겠습니다.”

“…….”

초류향은 선우조덕의 말에 할 말이 없었다.

그녀가 무슨 짓을 당했을지 언뜻 짐작이 가기는 했다.

강력한 힘이라는 것은 그냥 주어지는 법이 없으니까.

항상 그에 상응하는 대가를 치른 후에야 주어지는 것이다.

지금의 화령 같은 경우는 애당초 허락되어 있던 그릇에 넘칠 정도로 힘이 담겨 있었다.

‘지극히 불안정한 상태다.’

그녀의 수치는 예전에 정관법으로 보았을 때 오십육에 불과했다.

그런데 지금 그녀가 보여 주는 힘은 화경의 고수조차도 감당하기 어려울 정도가 아닌가?

'그릇이 깨어져도 이상하지가 않다.'

초류향은 의학적인 지식이 거의 없었다.

하나 정관법으로 세상을 보았기에 화령의 상태가 어떤지 어렴풋이나마 짐작할 수 있었다.

'넘치는 힘이 꾹꾹 눌러져 담겨 있는 형태.'

당장에라도 힘이 폭주해서 온몸이 터져 나가도 전혀 이상하지 않은 상태였다.

뿌드득—

초류향은 낮게 이를 갈며 앞장섰다.

이 지독한 노인이 화령에게 무슨 짓을 했는지 알아차린 순간 당장에라도 그를 때려죽이고 싶었지만 필사적으로 참는 것이다.

지금 이자를 죽이게 되면 영영 화령을 치료하지 못할지도 모르니까.

초류향은 크게 심호흡을 하며 갈문적과 함께 화령이 있는 곳으로 향했다.

그 냉정하고도 섬뜩한 표정에 뒤따르던 선우조덕조차 아무 소리도 하지 못했다.

그저 조용히 뒤를 따를 뿐이었다.

그들이 한참을 걸어 도착한 곳에는 죽은 듯이 잠든 화령이 누워 있었다.

그녀의 전신에는 기다란 바늘들이 빽빽하게 꽂혀 있었다.

“치료해라.”

초류향이 입을 열자 뒤에서 힐끔힐끔 화령을 바라보던 갈문적이 앞으로 나섰다.

잠시 화령의 상태를 살펴보던 갈문적의 눈동자에 묘한 빛이 번뜩였다.

第七章

진심

"침술만으로 이 괴물을 재워 놓다니 과연 약제당주는 대단하네."

갈문적은 순수하게 감탄했다.

마의 선우조덕의 의술이 하늘에 닿았다더니 과연 그러했던 것이다.

막 화령의 어깨에 손대려는 그 순간.

갈문적은 누군가가 자신의 멱살을 확 움켜쥐는 것을 느꼈다.

"컥!"

숨이 턱하고 막히며 두 다리가 공중에 대롱대롱 매달렸다.

눈앞이 하얗게 변하며 갈문적이 발버둥을 칠 때.

그의 귓가에 낮고 으스스한 음성이 들려왔다.

"다시 한 번 말해 봐라."

"……네?"

"방금 전에 한 말, 다시 한 번 말해 보라는 말이다."

초류향의 질문에 갈문적은 자신이 조금 전에 내뱉은 말에 실수가 있었나 필사적으로 돌이켜 보았다.

다행히 어느 부분에서 실수했는지 바로 눈치챌 수 있었다.

"괴, 괴물이라 부른 것은 제 불찰입니다. 죄송합니다, 소교주님."

초류향의 눈가에 시퍼런 귀화가 일렁거렸다.

"화령이다. 이 사람의 이름은."

"……예, 옙!"

"다시 한 번 괴물이라 부른다면 목을 비틀어 주겠다."

뿌드득—!

"컥!"

초류향의 눈동자가 마치 도깨비의 그것처럼 번뜩이자 갈문적은 숨이 턱하고 막히는 것을 느꼈다.

소교주 초류향.

이 사람은 지금 이 순간 정말로 자신을 죽이려 하고 있었기 때문이다.

갈문적이 눈동자로 살려 달라고 얼마나 말했을까.

마침내 초류향의 손에서 힘이 풀렸다.

턱—!

"컥, 커헉!"

바닥에 발이 닿자 곧장 주저앉은 갈문적은 잠시 동안 괴로운 얼굴로 숨을 골랐다.

그때.

그의 귓가에 초류향의 낮고 냉정한 음성이 들려왔다.

"그녀를 반드시 본래대로 치료해 놓아라. 그게 너를 위해서도 좋을 것이다. 이게 무슨 뜻인지 알겠나?"

갈문적은 고개를 끄덕였다.

그 어느 때보다 명확하게 뜻이 전달되었던 것이다.

"……이제부터 제 목숨은 화령에게 달렸다는 말입니다."

"정확하게 들었다."

지금 소교주의 말뜻을 못 알아듣는다면 그건 저능아 혹은 머저리뿐일 것이다.

'죽는다.'

소교주는 그를 정말로 죽이고 싶어서 안달이 난 상태였다.

어떻게든 죽이려고 틈을 노리고 있는 사람만이 가지는 그런 느낌.

상위의 포식자가 그 날카로운 발톱으로 아래에 있는 초식동물의 숨통을 찍어 누르고 있는 듯 흉흉한 분위기가 풍기고 있었다.

곁에서 은신하고 있던 운휘와 선우조덕도 초류향의 거친 태도에 깜짝 놀랐다.

'변하셨다.'

항상 다른 사람을 대할 때 정중하게 예의를 갖춰 왔던 초류향이었다.

그것은 설령 적이라도 마찬가지였다.

아무리 힘든 상황이라도 최소한의 선은 지켰던 것이다.

그것이 초류향이었다.

'한데…….'

방금 그것이 무너졌다.

초류향은 약탈자처럼 무례했고, 그의 그런 난폭한 행동은 아무런 위화감도 없이 자연스러웠다.

진정으로 분노했기 때문이다.

그랬기에 운휘와 선우조덕은 어색해하기보다 오히려 초류향을 걱정하게 되었다.

『……괜찮으십니까, 주군?』

운휘가 초류향에게 조심스럽게 물었다.

평소에 이 정도로 화를 표현하지 않던 사람이 이렇게 과격한 행동을 하니 걱정이 될 수밖에 없었다.

'화령에 대한 염려나 미안함이 이 정도나 되었던가?'

안타까웠다.

초류향은 그동안 속으로 끊임없이 자책하고 있었던 것이다.

자신 때문에 화령이 이렇게까지 되었다고 생각해 왔으니까.

갈문적에게 이런 사나운 모습을 보인 것은 그가 초류향이 억누르고 있던 감정을 건드렸기 때문이다.

'진정하자.'

이것은 이성적인 행동이 아니었다.

지나치게 감정적이지 않은가?

초류향은 속으로 그렇게 자신을 달래며 운휘를 향해 가볍게 고개를 끄덕여 괜찮다는 것을 보여 주었다.

그 후 갈문적에게 고개를 돌리며 차분하게 입을 열었다.

“잠시 나갔다 오겠다. 그때까지 정확하게 화령의 상태를 진단해서 알려 주도록.”

“아, 알겠습니다. 소교주님.”

갈문적이 겁에 질린 얼굴로 대답하자 초류향은 곧장 바깥으로 나갔다.

더 이상 이곳에 있다가는 갈문직을 죽이게 될지도 몰랐던 것이다.

바깥에 나와 바람을 쐬자 뜨겁게 달궈졌던 머리가 천천히 식어가기 시작했다.

선우조덕이 서둘러 따라오는 것을 보며 초류향이 입을 열었다.

“선우 호법님께서는 화령을 곁에서 지켜봐 주십시오. 잠시 볼일을 마치고 오겠습니다.”

“알겠습니다.”

선우조덕은 잠시 걱정스러운 얼굴로 무언가 더 말을 하려다가 관두었다.

사실 선우조덕은 조금 전 초류향이 흥분했을 때, 처음에는 그를 걱정했지만 지금은 아니었다.

오히려 이런 격한 변화를 대단히 긍정적으로 보고 있었다.

'자신의 감정을 표현할 수 있게 되었다.'

그동안 초류향은 지나치다고 생각될 정도로 스스로의 감정을 억제하며 지내 왔다.

화가 나도 그것을 참고 머리로 상황을 파악하려 애썼고, 이성적인 차가운 마음으로 모든 사태를 해결하려고 했던 것이다.

얼핏 바람직하다고 생각할 수도 있지만, 실상 그것은 굉장히 위험한 일이었다.

'화는 만병의 근원이지.'

가끔은 이렇게 겉으로 표출할 수 있어야 한다.

그것이 소교주 본인을 위해서도 좋았다.

초류향은 선우조덕을 바라보며 입을 열었다.

"그럼 부탁드리겠습니다. 선우 호법님."

"알겠습니다, 소교주님."

초류향은 선우조덕을 살펴보다가 고개를 끄덕였다.

그라면 믿고 맡길 수 있었다.

그렇게 초류향은 약제당을 벗어났다.

화령의 치료를 부탁해 놓았으니 이제 다른 일을 마무리할 순서였다.

'선우초린을 만나야 한다.'

천자후의 부탁을 받았으니 이 부분을 처리해야 하는 것이다.

선우초린 성격상 시간이 길어지면 무슨 일을 저지를지 모르니까.

초류향은 급한 마음에 빠르게 이동하면서 동시에 심연술을 발동했다.

본래 심연술은 고도의 집중력이 필요했기에 이렇게 빠르게 움직이면서 사용하는 것은 초류향으로서도 처음 해 보는 새로운 시도였다.

다행히 심연술은 정상적으로 발동이 되었다.

'된다.'

초류향은 슬쩍 웃었다.

그의 머리 위로 붉은색의 거대한 눈이 떠올랐고, 그것은 곧장 하늘 높이 올라가기 시작했다.

그리고 빠르게 선우초린의 행적을 찾기 시작했다.

'어디 있지?'

확실히 움직이면서 쓸 때는 주변을 파악할 수 있는 범위가 좁았다.

하지만 이것으로도 충분했다.

초류향은 저 먼 곳에서 누군가를 두들겨 패고 있는 선우초린을 포착할 수 있었던 것이다.

초류향은 심연술을 해제하고 달렸다.

방향이 정해졌으니 속도를 더더욱 높였던 것이다.

운휘 역시 그림자 속에 숨어서 초류향에게 따라붙었다.

그렇게 얼마나 달렸을까?

초류향은 천마신교에 와서 처음 와 보는 황량한 산꼭대기에 도착

할 수 있었다.

그리고 그곳에서 궁지에 몰려 있는 피투성이의 사내를 발견했다.

탁—

선우초린은 뒤에서 들린 발자국 소리에 천천히 고개를 돌렸다.

이미 그녀의 눈빛은 광기에 번들거리고 있었고, 채찍 끝에는 사람의 피와 살점이 묻어 있었다.

기척도 없이 다가온 초류향을 보며 선우초린은 고개를 갸우뚱거렸다.

"여기까지는 어쩐 일이십니까, 소교주님?"

이해가 가지 않는다는 얼굴.

그녀의 얼굴에도 역시 핏방울이 튀어서 묻어 있었다.

선우초린은 잠시 초류향을 바라보다가 손에 들린 채찍을 허공에 털어 잡스러운 것들을 떨쳐 낸 후 허리에 휘감았다.

"보시다시피 본 궁에 죄를 범한 놈들을 처벌 중이었습니다. 소교주님."

초류향은 주변을 둘러보았다.

이화궁에서 나온 열 명의 고수들.

거기에 선우초린까지 해서 모두 열한 명의 여인들은 피투성이의 노인을 포위하고 있었고, 노인은 저항할 생각도 하지 않은 채 묵묵하게 눈을 감고 있었다.

"고문을 해도 소속된 가문을 불지 않아서 이제 막 죽이려던 참이었습니다."

이 영감은 분명히 사대 세가 중 어딘가에 소속된 것이 분명했다.

각 가문에서 은밀하게 기른 사냥개들.

그놈들 중의 하나임이 확실했던 것이다.

'내가 그런 놈들을 부려 봤으니 확실하다.'

이런 놈들은 이런 놈들만이 가지는 독특한 느낌이 있었다.

선우초린은 그런 자들을 다뤄 보았기 때문에 확신할 수 있었다.

그렇다면 중요한 것은 이놈이 과연 어느 가문의 녀석일까 하는 것이다.

그동안 사대 가문은 끊임없이 서로 반목해 왔다.

물론 필요에 의해 서로 협력한 적도 많지만, 서로가 서로를 은밀하게 견제해 온 시간이 더 길었다.

그래야만 했으니까.

너무 앞서가는 가문이 있으면 곤란했다.

어디인지는 모르겠지만 이번에 이화궁을 습격한 가문이 걸리게 된다면 단단히 각오를 하는 것이 좋을 것이다.

그녀가 막 거기까지 생각했을 때.

초류향은 바닥에 무릎 꿇은 채 눈을 감고 있는 노인을 물끄러미 바라보았다.

그러다 입을 열었다.

"이화궁주님."

"예. 소교주님."

"잠시 저와 따로 이야기를 하실 수 있겠습니까?"

단둘이?

무슨 의도일까?

선우초린은 궁금했지만 그것을 꾸욱 눌러 참으며 고개를 끄덕였다.

"알겠습니다."

이곳까지 찾아온 것을 보면 분명 자신에게 급한 용무가 있어서일 터.

선우초린은 여러 가지 짐작 가는 일을 머릿속에 떠올려 보았다.

하지만 그중에서 딱히 어느 것 때문이라고 결론 내릴 수는 없었다.

어찌 되었긴 둘은 은밀하게 이야기를 나눌 수 있는 곳을 찾아 깊은 산중을 헤매기 시작했다.

"여기가 좋겠군요."

초류향이 입을 열자 선우초린도 대답했다.

"예. 아무도 없군요."

주변에 아무도 없으니 그들을 엿들을 귀도 없을 것이다.

뭐 초류향의 호위 무사인 운휘가 있을 수 있겠지만, 그의 존재는 신경 쓰지 않았다.

그자의 입에서 비밀이 외부로 새어나갈 일은 절대 없을 테니까.

선우초린은 잠시 흥미 어린 눈빛으로 초류향을 바라보았다.

갑작스럽게 등장한 그의 의도가 슬슬 궁금해졌기 때문이다.

초류향은 그런 선우초린을 바라보며 입을 열었다.

"사실 이화궁주님께 부탁이 있어서 찾아왔습니다."

"저에게…… 부탁이요?"

"예."

선우초린은 무슨 부탁이냐고 곧장 묻지 않았다.

지금 시점에서 하는 부탁이라니?

무언가 좋지 않은 느낌이 들었다.

'게다가…….'

자신이 이곳에 있다는 것은 어떻게 알아냈을까?

잠시 여러 가지 생각들이 머릿속에 떠올랐다가 사라졌다.

'설마…….'

이화궁을 침범했던 인물들의 배후에 소교주가 있었던 걸까?

만약 그렇다고 가정한다면 소교주가 지금 이곳까지 자신을 찾아온 이유가 딱 들어맞는다.

거기까지 생각했던 선우초린은 곧 고개를 저었다.

소교주가 만약 이 모든 일의 배후라면 이렇게 어렵고 복잡하게 일을 처리하진 않았을 것이다.

'그렇게 생각하기엔 너무 단순하지.'

선우초린이 알고 있는 소교주 초류향은 대단히 똑똑한 사람이었다.

이렇게 단순무식하게 일을 처리할 사람이 아닌 것이다.

그렇게 생각할 무렵.

초류향이 입을 열었다.

"이번 일은 이쯤에서 덮었으면 합니다."

"……무슨 일을 말씀하시는 것인지요?"

"이화궁이 습격당한 일을 말하는 겁니다."

선우초린의 눈썹이 순간적으로 꿈틀거렸다.

놀랍게도 그녀의 짐작이 맞았던 것이다.

아무래도 이번 일의 배후에 소교주가 있었던 모양이다.

'흥분하지 마.'

선우초린은 지금 상황에서 흥분하면 불리하다는 것을 본능적으로 깨달았다.

그래서 몸 안에서 들썩거리는 광기를 억지로 내려누르며 입을 열었다.

"……이 부분은 소교주님께서도 관여하기 어려운 일입니다. 전적으로 저희 이화궁에서 처리해야 할 일이지요."

"알고 있습니다. 그래서 거래를 하기 위해 찾아왔습니다."

"거래…… 말씀이십니까?"

초류향은 고개를 끄덕였다.

그리고 입을 열었다.

"제 부탁을 들어주시면 저 역시 이화궁주님의 부탁을 하나 들어드리지요. 어떻습니까?"

선우초린은 최대한 침착하게 생각하려고 애썼다.

이런 것은 쉽게 결정할 일이 아니다.

'게다가…….'

사실 선우초린의 입장에서는 이건 대단히 남는 장사였다.

천리향을 쫓아 놈들을 추적한 것까지는 좋았다.

금방 모든 문제가 해결될 줄 알았다.

한데 막상 뒤를 잡고 보니 한 놈뿐이었다.

분명히 도망친 놈은 총 여섯 놈이라고 들었는데 최종적으로 찾아낸 놈은 저 영감 하나가 다였다.

이놈들이 중간에 눈치를 챘는지 다들 뿔뿔이 흩어졌던 것이다.

'하지만 이런 것은 말해 줄 수 없지.'

선우초린은 입가에 가느다란 미소를 그린 채 초류향을 바라보았다.

이건 제법 해 볼 만한 거래라는 생각이 들었던 것이다.

* * *

선우초린은 숙소에 들어와서 짐을 싸기 시작했다.

그녀가 갑자기 짐을 싸는 이유는 간단했다.

공손아리를 만나러 가기 위해서였다.

'나쁘지 않아. 아직 늦지 않았어.'

초류향이 어째서 이번 사건에 끼어들게 된 것인지, 자세한 경위는 모른다.

하지만 그것은 아무래도 상관없었다.

선우초린은 원하는 것을 얻었으니까.

그녀는 행낭에 짐을 다 챙긴 다음 허리춤에 매여 있는 채찍을 한 번 만지작거렸다.

'지금 갈게요, 소군주님.'

선우초린은 공손아리가 천마신교를 떠나려고 마음먹은 이유에 대해 정확하게 모른다.

하지만 그게 무엇이건 간에 차라리 잘된 일이라고 생각했다.

그녀가 그렇게 짐을 다 싸고 방을 나가려고 할 때.

그 앞을 가로막는 사람이 있었다.

"뭐예요?"

"어딜 그리 급하게 가냐?"

"아빠가 무슨 상관이에요?"

선우초린이 대수롭지 않게 대꾸하며 그녀의 아버지이자 선우세가의 가주.

선우강진의 옆을 지나치려 했다.

하지만 선우강진이 재차 그녀의 앞을 막으며 말했다.

"조만간 소교주님의 즉위식이 있다. 알고 있지?"

"예. 그게 왜요?"

조금이라도 빨리 공손아리를 만나러 가야 한다는 생각에 마음이 급했다.

한데 선우강진은 의미를 알 수 없는 말을 꺼내며 그녀를 붙잡고 있었다.

"너도 준비해야 한다."

준비?

대체 무엇을?

선우초린이 의아한 얼굴을 할 때.

선우강진이 흐릿하게 웃으며 입을 열었다.

"몰랐냐? 이번에 소교주님의 교주 즉위식 이후에 곧장 마후 간택식이 있을 예정이다."

"……마후 간택식이요?"

선우초린이 순간 어이없는 얼굴을 해 보였다.

마후 간택식이 무엇인가?

교주의 배필이자 천마신교의 안주인을 고르는 중요한 행사가 아닌가?

"그 행사, 공손천기 교주님이 없애지 않았어요?"

"그랬지. 그런데 이번에 다시 부활했다."

"……소교주님이 그걸 다시 만든 거예요?"

"응. 우리가 간청했거든."

선우초린의 눈가에 짙은 분노가 떠올랐다.

"……이 양심도 없는 놈!"

공손아리가 초류향에게 마음이 있다는 것은 이미 알고 있었던 선우초린이다.

초류향 역시 공손아리에게 마음이 있지 않았던가?

그녀가 잘못 판단했던 걸까?

'아니, 잠깐만. 이건 오히려 잘된 일일지도 모른다.'

외부에 나가 있는 공손아리는 분명 이 소식을 아직 전해 듣지 못했을 것이다.

이 말을 전해 준다면 공손아리는 어떤 반응을 보일까?

잠시 여러 가지를 생각하던 선우초린은 히죽 웃었다.

여러모로 나쁘지 않은 결과가 나올 거라 여긴 것이다.

그녀의 음흉한 표정을 제대로 보지 못한 선우강진이 입을 열었다.

"교주가 배필을 직접 고른다면 아무래도 우리가 가장 확률이 높지 않겠느냐? 으하하핫!"

"……설마 지금 저랑 소교주님을 말하는 거예요?"

"그렇지. 우리 딸이 얼굴 하나는 기가 막히니까."

선우초린은 비웃었다.

"꿈 깨요, 아빠. 난 그런 놈한테 쌀 한 톨만큼도 관심 없으니까."

선우강진은 이 반응을 사전에 예상했기에 목소리를 낮게 깔고 근엄한 얼굴로 입을 열었다.

"가문을 위해서다. 때론 큰 것을 위해 작은 것을 희생해야 할 경우가 있는 법이지."

선우초린의 입가에 그려져 있던 미소가 더욱 짙어졌다.

"가문 같은 건 더 관심 없어요. 그리고 나 바쁘니까 그만 좀 비켜줄래요?"

선우초린은 말을 끝내자마자 선우강진을 옆으로 밀치며 서둘러 문밖으로 나갔다.

그런 그녀를 당황한 얼굴로 지켜보던 선우강진이 입을 열었다.

"딸! 너 정말 이런 식으로 나올래? 이러면 이 아비도 무력을 쓸 수밖에 없어."

선우초린은 멈칫했다.

드디어 자신의 말이 먹혔다고 생각하며 선우강진이 기쁜 얼굴을 할 때.

선우초린은 등에 메고 있던 행낭을 바닥에 내려놓으며 음침하게 웃었다.

"원하는 게 무력이라면 사양하지 않죠, 저야."

그녀가 스스럼없이 허리춤에 둘둘 감고 있는 채찍에 손을 가져다 대자 선우강진이 크게 분노한 얼굴로 전신을 부르르 떨며 입을 열었다.

"감히 아비를 칠 생각이냐! 네가 결국 패륜까지 저지를 셈인 게냐!"

선우초린은 아버지의 분노에 잠시 움찔했다.

그리고 채찍에서 손을 내려놓으며 콧방귀를 뀌었다.

"흥!"

그 막 나가는 선우초린도 이건 좀 지나치다 여긴 것이다.

그녀는 다시 바닥에 내려놓았던 행낭을 등에 걸쳤다.

"아빠, 저 괜히 번거롭게 하지 마요. 저 남자한테 관심 없는 거 아빠가 더 잘 알잖아요."

선우강진도 알고 있었다.

하지만 이번 것은 도저히 포기할 수가 없는 문제 아닌가?

"상대는 교주다. 우리 선우가가 단번에 제일 가문이 될 수 있는 기회야, 이건. 딸, 다시 한 번 잘 생각해 봐. 응?"

간절한 부탁.

선우초린은 순간 마음이 약해졌다.

하지만…….

"미안해요, 아빠."

선우초린은 행낭을 등에 걸친 채 전속력으로 그 자리를 벗어났다.

그 모습을 잠시 멍한 얼굴로 바라보던 선우강진의 얼굴에 차츰 짙은 분노가 피어올랐다.

"가문을 위해 고작 그 정도도 희생 못 하는 거냐?"

선우강진은 그 뒤로도 혼자서 씩씩거리다가 결국 축 처진 어깨로 움직이기 시작했다.

딸이 저렇게 도망친 이상 어쩔 수 없음을 알았기 때문이다.

*　　*　　*

선우초린과의 거래를 마무리한 초류향은 문득 화령의 상세가 궁금해져서 그녀의 방으로 향했다.

한데 화령을 찾아가는 도중에 전박을 만나 버렸다.

때마침 전박은 초류향을 만나기 위해 움직이는 중이었던 터라 그의 보고를 길 위에서 듣게 되었다.

"즉위식 준비는 아무런 문제 없이 진행되고 있습니다. 애초에 생각했던 것보다 사흘 정도는 더 빠르게 완료를 할 수 있을 것 같습니다."

"다행이군요."

초류향은 가볍게 고개를 끄덕였다.

사실 그럴 수밖에 없었다.

천마신교의 팔대 호법들과 사대 가문 모두가 일치단결해서 즉위식 준비를 하고 있으니 시간 단축이야 당연한 결과일 것이다.

"한데 즉위식이 끝난 후에 이어질 간택식은 어떻게 하실 예정이십니까?"

초류향은 잠시 멈칫했다가 곤혹스러운 얼굴을 해 보였다.

그리고 전박을 바라보며 조심스럽게 입을 열었다.

"저도 사실 그 부분이 걱정입니다. 좋은 수가 없겠습니까?"

혼자서는 아무리 생각해 봐도 별다른 수가 생각나지 않았다.

무작정 간택식을 거절하자니 마땅한 명분이 없었던 것이다.

전박은 잠시 동안 초류향을 물끄러미 바라보았다.

초류향의 얼굴은 정말로 곤란해 보였고, 전박은 그가 이렇게까지 곤란해하는 이유를 얼핏 짐작했기에 느릿하게 입을 열었다.

"앞에 나서서 솔직하게 말하십시오. 그럼 그들도 어느 정도는 받아들일 겁니다."

"몇 번이나 곤란하다고 정중하게 말했는데 그들은 도무지 받아들이지 않았습니다. 너무 막무가내더군요."

전박은 미소 지었다.

당연히 그럴 수밖에 없다.

그들도 그들 나름대로 생사가 걸린 일이니까.

어떻게든 자기 가문의 여식과 초류향을 엮어 보려고 할 것이다.

이렇게 되면 정말 무력을 동원하지 않는 이상 빠져나오기가 어렵다.

'하지만…….'

아직 시도해 볼 수 있는 방법이 딱 한 가지가 있었다.

단지 초류향으로서는 실행하기 어려운 일이라는 게 문제였지만.

"그게 솔직한 대답이 아닌 것을 그들도 알고 있으니 그런 겁니다."

"곤란하다는 것이 어째서 솔직하지 않은 대답입니까?"

전박은 초류향의 진지한 대답에 그를 조용히 바라보다가 입을 열었다.

"왜 곤란하신 겁니까?"

"그야…… 제가 앞으로 해야 할 일이 많지 않습니까?"

그랬다.

그는 앞으로 해야 할 일이 많았다.

조기천 스승님의 복수도 해야 하고, 그 복수를 위해서는 정도맹을 적으로 돌려야 했다.

그렇게 된다면 자연스럽게 강호 전체를 상대로 싸우게 될 것이다.

그런 큰 싸움이 있는데 다른 것을 돌아볼 여력 따윈 없었다.

전박 역시 그 사실을 알았기에 수긍하는 표정으로 고개를 끄덕이며 말했다.

"설마 앞으로의 대업에 여자가 방해될까 봐 그러신 겁니까?"

"예. 그렇습니다."

이 이유 말고 또 뭐가 있겠는가?

여자에게 시간을 할애할 정도로 한가하지 않았다.

그리고 얼마나 앞으로 위험하겠는가?

전박 역시 누구보다도 이런 상황을 잘 알고 있으면서 왜 굳이 물어보는 것인지 초류향으로서는 알 수가 없었다.

그때 전박이 약간 씁쓸한 얼굴로 초류향을 바라보며 입을 열었다.

"설마 공손아리에게도 그리 말하신 겁니까?"

"……!"

초류향이 너무도 놀라서 자신도 모르게 입을 쩍 하고 벌렸다.

전박의 입에서 공손아리의 이름이 튀어나오리라고는 정말 상상도 하지 못했던 것이다.

초류향이 석상처럼 굳어서 눈도 깜빡이지 못할 때.

전박이 소매 속의 주판을 만지작거리며 허허롭게 말했다.

"그 아이, 겉보기보다 더 불쌍한 아이입니다. 저는 어릴 때부터 봐 와서 잘 알고 있지요. 지금껏 어미의 사랑도 받지 못했고, 친구

조차도 없이 지내 온 아이입니다. 게다가 지금은 유일하게 그 아이를 지켜 주던 버팀목까지 사라진 상태지요."

"……."

오해라고 말하고 싶었다.

지금 크게 오해하고, 멋대로 넘겨짚고 있는 것이라고 소리치고 싶었다.

하지만 초류향은 결국 아무 말도 하지 못했다.

그저 대답할 말을 찾지 못한 채 멍청한 얼굴만 해 보일 뿐.

그런 모습을 보며 전박이 입을 열었다.

"진심은 그게 아니라는 걸 잘 압니다, 소교주님. 이건 저도 알고, 아마 사대 세가의 늙은 너구리들도 어렴풋이 눈치채고 있을 겁니다. 그래서 다들 이렇게 일을 더 서두르는 거겠지요."

눈치채고 있다고?

대체 무엇을, 어디까지?

거기까지 생각하던 초류향은 자신도 모르게 속에서 끓어오르는 여러 가지 감정을 애써 억누르며 입을 열었다.

"전 호법님께서는 지금 제가 어떻게 했으면 좋겠습니까?"

"방금 전에도 이 늙은이가 말하지 않았습니까, 소교주님?"

"무엇을……."

의아한 표정으로 전박에게 되물으려던 초류향은 입을 다물었다.

전박이 이야기했던 게 무엇인지 생각났기 때문이다.

'앞에 나서서 솔직하게 말하라고?'

이것을 어떻게 말하라는 말인가?

초류향이 복잡한 얼굴을 해 보일 때.

전박이 스쳐 가는 어투로 입을 열었다.

"살다 보니 때로는 자기 감정을 본인이 잘 모를 때도 있더군요. 그럼 질문을 바꿔 보겠습니다."

초류향은 긴장한 듯 마른침을 삼켰다.

확실히 전박은 보통내기가 아니었다.

이번에는 그가 무엇을 물어볼지 도저히 짐작조차 가지 않았다.

전박이 그런 초류향을 바라보며 천천히 입을 열었다.

"소교주님께서는 공손아리, 그 아이를 어떻게 생각하십니까?"

"……저는……."

초류향은 잠시 머뭇거렸다.

여기서 무엇을 말해야 할까?

어떻게 대답을 해야 하지?

단 한 번도 해 보지 못한 말이라 그런지 차마 입이 떨어지지 않았다.

전박은 그런 초류향을 이해하기 어렵다는 얼굴로 바라보았다.

"솔직해진다는 것은 그리 어려운 것이 아닙니다, 소교주님. 그리고 솔직해질 필요가 있을 때 솔직해지셔야 하지요."

"……."

초류향은 전박의 말에 혼자만의 생각에 잠겼다.

공손아리에 대한 자신의 감정을 어떻게 표현해야 하는 걸까?

그동안 공손아리는 자신에게 어떤 존재였을까?

그녀의 기억들이 머릿속으로 빠르게 스쳐 지나갔다.

제일 처음 만났을 때부터 그녀와 함께했던 짧지만은 않은 여행 등등.

그 모든 기억 속에서 공손아리는 참으로 특별한 존재였다.

'특별하다?'

초류향은 잠시 얼굴을 일그러뜨렸다.

왜 특별하다고 생각했을까?

한 가지 의문이 들자마자 머릿속에서 여러 가지 해답들이 떠올랐다.

공손아리가 웃는 얼굴도, 그녀가 막수와 함께 장난을 치는 모습도 특별했다.

초류향에게는 그녀의 행동 하나하나가 모두 다 특별했던 것이다.

심지어 그녀의 스치는 듯한 시선조차 신경이 쓰였고, 그녀가 자신에게 말을 걸어 올 때는 긴장해서 온몸의 근육이 뻣뻣해질 정도였다.

그런 감정은 태어나 지금까지 처음 느껴 보는 것이었다.

'나는…….'

초류향은 거기까지 생각하다가 전박을 바라보았다.

전박은 소교주의 생각을 방해하지 않은 채 인내심을 가지고 그때까지 가만히 기다리고 있었다.

전박이 차분한 눈길로 초류향을 바라보았다.

그러자 초류향의 동공이 크게 흔들렸다.

여러 가지 감정이 뒤섞여 복잡하게 혼재되어 있는 얼굴.

그런 얼굴로 초류향은 평소답지 않게 더듬거리며 입을 열었다.

"나는…… 나는…… 그녀를 좋아합니다."

초류향은 스스로가 말을 해 놓고도 멍한 얼굴을 해 보였고, 그의 말을 들은 전박은 입가에 희미하게 미소를 지어 보였다.

"솔직해지는 것은 그다지 어려운 일이 아닙니다, 소교주님. 스스로에게 솔직해지는 것은 더더욱 그렇지요."

초류향은 가만히 전박의 말을 듣고만 있었다.

누구를 좋아한다는 말을 태어나서 처음으로 해 보았기 때문이다.

전박을 바라보는 초류향의 얼굴에 차츰 복잡 미묘한 감정이 떠올랐다.

第八章

즉위식

초류향은 새벽녘 홀로 초혜정의 인공 호수를 바라보며 멍하니 생각에 잠겨 있었다.

머릿속이 복잡했다.

며칠 전, 전박에게 공손아리에 대한 마음을 솔직하게 털어놓은 이후부터 초류향은 말수가 급격하게 줄어들었다.

본래도 그렇게 말이 많지는 않았지만 더더욱 말수가 줄어든 것이다.

그 날 이후 지금까지, 하루에 한두 마디 하는 것을 제외하면 초류향이 먼저 입을 연 것을 보기가 드물 정도였다.

그 모습을 은신한 채 지켜보며 운휘는 한숨을 내쉬었다.

'식사도 제대로 하고 계시지 않는다.'

단순히 말수가 줄어들었을 뿐이라면 그다지 걱정하지 않는다.

하지만 그 뒤로는 식사량도 많이 줄어들어 있었다.

이래서는 제법 문제가 심각하지 않은가?

'무언가 다른 것에 정신이 팔려 계신다.'

즉위식 준비로 바쁜 와중에도 때때로 초류향은 혼자서 무언가를 골똘히 생각하곤 했다.

무엇에 저렇게까지 몰입하고 있는 것일까?

고민에 대한 해답은 금세 나왔다.

'공손아리…….'

초류향이 그녀를 마음에 품고 있다는 것은 운휘도 이미 알고 있었다.

굳이 말로 하지 않아도, 딱히 표현하지 않아도, 그 눈빛이나 행동만으로 눈치챌 수 있었던 것이다. 늘 침착하고 냉철한 초류향이었지만 공손아리와 연관된 일이라면 자신도 모르게 그 평정을 잃곤 했다.

아마 초류향과 가까이 지내던 사람들은 모두가 알고 있었을 것이다.

본인이야 완벽하게 숨겼다고 생각하겠지만 실상은 전혀 그렇지 않았던 것이다.

'큰일이군.'

이런 애정 문제에 대해서는 운휘도 딱히 조언하거나 그를 도와줄 수 있는 방법이 없었다.

그 역시 이쪽으로는 어두운 편이었기 때문이다.

결국 혼자서 고뇌하고 있는 초류향을 볼 때마다 운휘 역시 깊은 고민에 빠져들게 되었다. 어떻게든 그의 주군을 도와주고 싶었다.

『……잠이 오지 않으십니까?』

호수에 떠 있는 달은 물결에 따라 일렁거리며 스스로의 모습을 제대로 보여 주지 않았다.

마치 약이라도 올리려는 것처럼 보는 사람을 희롱하고 있었다.

그때 문득 들려온 음성에 초류향은 고개를 돌렸다.

자신 앞에 갑자기 등장한 운휘.

그닥지 않은 파격적인 행동이었지만 초류향은 그를 바라보다 아무런 말없이 천천히 고개를 끄덕였다.

초류향의 얼굴은 온통 씁쓸함으로 가득했다.

그랬기에 운휘는 여기에서 물러설 수가 없었다.

그닥지 않게 조금 더 적극적으로 대화를 풀어나가려 한 것이다.

"오늘이 즉위식인데 그래도 좀 주무셔야 하지 않겠습니까?"

운휘의 걱정스러운 말에 초류향은 쓰게 웃으며 정면을 바라보았다.

그리고 침묵을 지키다가 말했다.

"생각이 많아지니 잠이 오지 않습니다."

운휘는 초류향의 대답이 돌아오자 잠시 기쁜 얼굴을 해 보였다.

혼자만의 시간을 방해한 것이 조금 마음에 걸렸지만 어찌 되었건 더 이상은 두고 볼 수 없었다.

하루바삐 본래의 생활로 돌아가야 했던 것이다.

"무슨 생각을 그리 하십니까?"

"……이미 짐작하고 계시지 않습니까?"

초류향의 되물음에 운휘는 순간 당황했다.

모를 수가 없었다.

어찌하다가 이렇게 되었는지를 그 역시 알고 있었으니까.

전박과의 대화를 듣지 않았던가?

단지 운휘는 자신의 입으로 이런 화제를 말하기가 난감했다.

그때 가만히 있던 초류향이 바닥에 떨어져 있던 작은 돌 하나를 집어 들며 말했다.

“제 마음은 본래 명경지수(明鏡止水, 흔들림 없이 맑고 고요함)처럼 맑았습니다만…….”

초류향은 손에 들고 있던 돌을 인공 호수에 집어던졌다.

퐁당—!

“지금은 저토록 요란스럽게 물결치고 있으니 어찌해야 할지 모르겠습니다.”

“…….”

운휘는 호수면에 떠올라 있던 달이 어지럽게 조각나는 것을 보며 고개를 끄덕였다.

“선우조덕 호법님께 가 있던 노진녕이 말을 전해 왔습니다. 그의 말에 따르면 화령의 상태가 호전될 기미가 보인다고 했습니다.”

“정말입니까?”

초류향이 놀란 얼굴로 대답하자 운휘 역시 웃으며 말했다.

“선우조덕 호법님과 갈문적이라는 자가 합심해서 치료에 전념하고 있다고 합니다. 덕분에 화령의 몸 안에 완전히 자리 잡고 있던 독기가 조금씩 빠져나가고 있으니, 아무래도 시간은 좀 걸리겠지만 나아질 수 있다고 했습니다.”

"그건…… 그건 정말 다행한 일입니다."

초류향은 크게 안도한 얼굴로 대답했다.

화령의 일은 아직까지도 마음에 걸렸다.

그녀가 자신 때문에 그리되었다 여긴 것이다.

화령만 생각하면 마음에 무거운 쇠사슬을 채운 듯 묵직했는데 그것이 조금 가벼워졌다.

그렇게 초류향이 안심하고 있을 때 운휘가 불쑥 입을 열었다.

"예전에 공손천기 교주님께서 저에게 어떤 조언을 해 주신 적이 있습니다."

초류향은 시선을 운휘에게 돌렸다.

"스승님께서 말입니까?"

"예."

초류향이 흥미가 생긴 얼굴을 해 보였다.

그의 스승님이 해 준 조언이라니?

아무래도 궁금증이 생길 수밖에 없었다.

"그대로 전해 드려도 되겠습니까?"

"예."

운휘는 잠시 과거의 공손천기를 머릿속에 떠올리며 입을 열었다.

"마음이라는 것은 본래 내 뜻대로 대로 통제할 수 있는 것이 아니다. 그게 가능하면 그건 이미 인간이라는 범주를 벗어나는 존재겠지. 마음이라는 놈은 항상 내 의지와는 상관없이 번잡한 것이니 그것을 그냥 인정하고 내버려 두는 것이 가장 좋다."

초류향은 운휘의 말을 들으며 잠시 동안 스승인 공손천기를 떠올렸다. 그리고 슬쩍 웃으며 말했다.

"마음이 번잡한 것을 인정하고 내버려 두라고 하셨습니까?"

"예."

초류향은 설핏 웃음 지으며 호수에 조약돌을 던지며 말했다.

"과연 스승님다운 말이군요."

공손천기는 항상 당당하고 여유가 넘쳤다.

그런 그였으니 마음이 어떻게 움직이든 신경 쓰지 않았을 것이다.

그때 운휘가 조심스럽게 다시 말했다.

"무언가를 고민할 때는 가슴이 시키는 대로 하는 것이 정답일 때가 많다고 했습니다."

"……."

초류향은 바닥의 조약돌을 집어 들다가 잠시 멈칫거렸다.

그리고 운휘의 말을 곱씹으며 다시 물결치고 있는 호수를 바라보았다. 호수 위에 떠 있던 달빛이 산산이 부서지며 흐트러지는 모습을 보던 초류향은 나직하게 입을 열었다.

"사실 이제는 마음이 시키는 대로 움직일 수도 없게 되어 버렸습니다. 그러기엔 너무 많이 와 버렸거든요."

공손아리에 대한 마음을 이제 확실히 알게 되었다 하더라도 지금의 초류향은 이 자리를 벗어날 순 없었다.

그가 자리를 비운다면 모든 일들이 뒤로 미뤄질 것이고, 그것은 그를 바라보고 있는 많은 이들을 힘들게 만들 것이 분명했으니까.

스스로의 어깨에 짊어지고 있는 짐의 무게가 새삼스럽게 다가온 것이다.

"그렇다고 염치없게 그 사람에게 더 기다려 달라고 말하기도 어려운 상황이지요."

초류향은 즉위식이 있는 오늘까지 쭈욱 혼자서 생각해 보았다.

공손아리가 그동안 자신을 얼마나 기다려 주었는지, 그녀가 얼마나 어렵게 자신에게 다가왔는지도 생생히 기억났다.

당시에는 그것을 느끼지 못했는데 그녀에 대한 생각이 바뀌고 다른 시선으로 바라보게 되자, 공손아리가 했던 모든 행동들도 새삼 달리 보이기 시작했던 것이다.

퐁당—

초류향의 손에 들려 있던 작은 돌 하나가 다시 호수에 떨어졌다.

"조기천 스승님의 죽음을 목격한 뒤로, 저는 아무래도 스스로가 행복해져서는 안 된다는 생각을 한 것 같습니다."

초류향은 너무도 어릴 때 스승님의 피를 뒤집어쓰고 그가 자기를 대신하여 죽는 모습을 무력하게 지켜봐야만 했다.

그 이후부터 복수를 위해 움직이려다 보니 스스로에게 다가오는 행복을 멀리하려고 애썼다.

공손아리 역시 마찬가지였다.

이미 오래전부터 그녀가 특별하게 보이고, 그녀 주변의 공기만 늘 새로웠지만 그런 밝은 것이 두려워서 애써 외면해 왔던 것이다.

"나는 여태까지 정말 바보 같은 짓을 한 셈입니다. 멍청이였죠."

퐁당—

호수에 떨어지는 조약돌 소리가 왠지 모르게 서글프게 들렸다.

차마 이제 그만 들어가서 쉬라는 말은 하지 못한 채, 운휘는 조용히 그림자에 녹아들어 가 그의 주군을 바라보았다.

그의 주군은 더 이상 어린아이가 아니었다.

스스로의 인생을 결정할 수 있는 판단을 내릴 시점이 온 것이다.

그렇게 시간은 속절없이 흘러가 마침내 아침이 밝아왔다.

초류향은 여전히 호수를 바라보며 앉아 있었고, 운휘는 그런 주군을 바라보며 그림자가 되어 기다렸다.

그때.

"가야 할 시간이군요."

초류향은 자리를 털고 일어섰다.

지금은 멈춰 있을 때가 아니었다.

고민하고 있을 시기도 이미 애초에 지나갔다.

'이제는 무엇이든 행동으로 옮길 때다.'

공손아리에 대한 생각을 정리한 초류향은 즉위식 준비를 위해 몸을 움직였다.

제일 먼저 만마전에 들러 화려한 의복을 갖춰 입었다.

검은 무복에 화려한 금룡이 그려진 예복.

그리고 신발은 붉게 타오르는 적장화를 신었다.

모두가 화려하고 값비싸 보이는 것들뿐.

허리에 찬 요대조차도 황금이었고, 전신에 두른 모든 것이 고급스럽기 그지없었다.

'이제는 이런 것이 부담스럽지 않은 걸 보니 스승님의 말씀이 맞긴 맞는 모양이다.'

과거 소교주 즉위식 때는 이런 값비싼 예복들이 거추장스럽고 부담스럽기만 했다.

하지만 이제는 아니었다.

자연스럽게 받아들일 수 있었다.

예복을 다 차려 입은 초류향은 만마전 옆에 있는 조사전에 들러서 역대 교주들의 위패에 예를 갖췄다.

그렇게 시작된 여러 가지 단출한 의식들을 거쳐서 초류향은 그의 즉위식이 있을 일월대전(日月大殿)으로 향했다.

'이상하군.'

이상한 일이었다.

발걸음이 너무도 가벼웠다.

초류향은 고개를 갸웃거렸다.

이유는 알 수 없었지만 오늘따라 몸이 너무나도 상쾌했다.

며칠 동안 제대로 잠도 자지 못했고, 먹은 것도 부실했는데 오히려 몸이 가볍고 상태가 좋다는 건 확실히 이상한 일이다.

'생각이 정리되었기 때문일까?'

여러 가지 심정적으로 복잡한 일들을 정리했기 때문일지도 모른다.

초류향은 그렇게 결론을 내리며 다시금 정면을 바라보았다.

'일월대전이라…….'

일월대전은 과거 초류향이 소교주 즉위식 때도 이용했던 곳으로, 천마신교의 가장 중요한 행사가 있을 때만 개방되는 곳이었다.

가는 도중에 양옆으로 도열해 있는 수많은 무인들이 초류향에게 예의를 갖추기 시작했다.

가슴에 손을 올려 초류향에게 예의를 다하는 엄청난 숫자의 무인들.

하나 초류향은 그들보다도 그들 뒤쪽에 질서도 없이 마구잡이로 서 있는 수많은 사람들을 응시하고 있었다.

'이들이 진정한 천마신교의 교도들이다.'

그들 중에는 물을 긷는 아낙도 있었고, 엄마 손을 잡고 구경 나온 꼬마아이도 있었다. 군데군데에 허리가 구부정한 노인도 있었으며, 기골이 장대한 청년들도 몇몇 보였다.

연령대도 직업들도 다 달랐지만 그들의 눈에는 한결같은 감정이 실려 있었다.

'내가 무언가를 보여 주길 기대하는 것인가?'

단순한 호기심을 넘어서는 어떤 기대감.

그것이 그들의 눈에 똑같이 떠올라 있었던 것이다.

초류향은 일월대전으로 걸어가는 동안 그들의 시선을 피하지 않고 일일이 마주했다.

그것은 정말 색다른 경험이었다.

과거 소교주 즉위식 때와는 전혀 다른 감정의 소용돌이가 마음속에서 거세게 몰아쳤던 것이다.

'그때는 왜 보지 못했을까?'

과거에는 자신에게 예의를 갖추는 무인들만이 눈에 들어왔었다.

하지만 지금은 아니었다.

무인들 저 너머, 교도들이 뿜어내는 여러 가지 감정의 조각들이 너무도 분명하게 느껴졌던 것이다.

그것을 외면하지 않고 하나하나 전부 빨아들이며 초류향은 일월대전 입구에 도착했다.

그가 입구에 서자 그 거대한 대문이 느릿하게 열리기 시작했다.

그그그긍—!

쿠웅—!

일월대전의 거대한 입구가 완전히 열리자 그 안에 준비된 화려한 예물들과 대기하고 있는 엄청난 숫자의 사람들이 보였다.

초류향은 그것을 한 번 보고 다시 뒤를 돌아보았다.

뒤쪽에서는 여러 종류의 사람들이 초류향을 지켜보고 있었다.

과거에는 보지 못했던 광경들.

초류향은 그것을 완전히 머릿속에 새긴 후에 천천히 몸을 돌려 그에게 준비된 길을 성큼성큼 걷기 시작했다.

"천마신교의 적법한 후계자를 뵙니다!"

그가 지나가자 모두가 같은 말을 외치며 바닥에 무릎을 꿇고 엎드리기 시작했다.

지금 이곳에 있는 자들은 크든 작든 천마신교의 여러 일을 맡아 처리하는 수뇌부들이었다.

그동안 모든 일을 통제하는 교주가 없었기 때문에 이들은 너무도 많은 고생을 해야만 했다.

한데 그들 앞에 드디어 교주가 나타난 것이다.

그들이 기쁜 마음으로 바닥에 엎드려 있을 때.

초류향은 천천히 걸어서 마침내 계단이 있는 곳까지 도착했다.

계단 앞에서 초류향이 멈춰 서자 계단 위에 있던 여덟 명의 노인들이 곧장 지극히 공손한 태도로 내려와 말했다.

"팔대 호법이 신의 대리자를 뵙습니다."

"신의 대리자를 뵙습니다!"

일월대전에 있던 모든 이들이 그 말을 복창하며 엎드려 절하기 시작했다.

초류향은 그런 그들을 한 번 둘러보고 다시 팔대 호법을 바라보았다.

"나는 이제 교주가 된 겁니까?"

전박이 조심스럽게 앞으로 한 걸음 나서며 입을 열었다.

"이 계단을 올라 준비되어 있는 저 자리에 앉는 그 순간부터 본 교의 주인이 되시는 것입니다."

"그렇습니까?"

"예."

"쉽군요."

"예?"

초류향은 당황한 전박을 향해 빙긋 웃어 준 후 천천히 계단을 걸어 올라 황금색의 거대한 의자에 앉았다.

그 순간 일월대전이 떠나갈 듯한 함성이 울려 퍼졌다.

"천마앙복!"

"신교천하!"

팔대 호법들이 일제히 외치며 바닥에 무릎을 꿇고 고개를 조아렸다.

동시에 거대한 북소리가 울리며 일월대전 바깥에서도 엄청난 함성 소리가 울렸다.

마침내 초류향이 천마신교의 교주가 된 것이다.

그의 나이 십팔 세.

천마신교 역사상 가장 어린 나이에 교주가 된 초류향이었다.

* * *

초류향이 교주로 즉위하던 그 시각.

강호에서는 한동안 치열했던 싸움이 소강상태에 접어들기 시작했다.

정도맹이 남만야수문과 북해빙궁의 병력들을 막기 위해 치열하게 움직인 결과, 그 싸움이 서서히 결말을 보였던 것이다.

"이거 생각보다 정도맹도 제법 하는구만."

"이제 어쩌죠?"

"어쩌긴? 일단 사부님이 오실 때까지 기회를 엿봐야지."

북해빙궁의 후계자.

적혈명은 북해빙궁의 부상자들을 앞에 두고 작게 투덜거렸다.

그의 사매인 주다혜는 잠시 형산파에서 정도맹의 정예들과 부딪쳤던 과거를 회상했다.

"그러고 보니 하마터면 목을 두고 올 뻔했네요?"

"그렇지. 설마하니 태극검황, 그 괴물 같은 영감이 직접 왔을 줄이야……."

맨 처음 적혈명이 일이 잘못되었다고 느낀 것은 사자검군 유설빈을 보았을 때였다.

정도맹에서도 어느 정도 정예를 보낼 것이라 예상하긴 했지만 사자검군이 움직인 것은 제법 신선했다.

그놈과 더불어 엄청난 숫자의 무당파 고수들까지 함께.

그래, 솔직히 거기까지는 그다지 나쁘지 않았다.

마침 따분하던 차에 일이 조금 흥미진진해졌다는 생각까지 들었으니까.

애초에 적혈명은 사자검군 따위에게 주눅 들 정도로 나약하지 않았다.

오히려 실실 쪼개며 사자검군의 목을 따려고 들었다.

하지만…….

사자검군의 뒤쪽에 느긋한 얼굴로 서 있던 노인.

그를 사자검군에게 달려들기 전에 먼저 발견했던 것은 정말 적혈명에게 천운이었다.

"운이 좋았지."

태극검황 백무량.

이미 은퇴하기로 한 전대 최강의 검객은 그야말로 명불허전이었다.

슬쩍슬쩍 움직이는 것만으로도 북해빙궁의 정예들이 도살당했다.

그와 더불어 길길이 날뛰는 사자검군 때문에 북해빙궁은 어마어마한 피해를 입었고, 적혈명도 살아남은 병력을 추슬러 그 자리에서 간신히 도망쳐 나왔던 것이다.

"뭐, 그래도 내가 살았으니 됐지. 그럼 우리는 지지 않은 거야."

주다혜는 적혈명의 천연덕스러운 말에 분기탱천한 얼굴로 입을 열었다.

"자기가 살았으면 되었다니, 그게 말이 돼요? 궁에서 데려온 전력의 반을 잃어 놓고 그게 대장으로서 할 소리예요?"

"응. 왜? 걔들 목숨 전부 더한 것보다 내 목숨 하나가 더 가치 있어. 그건 사매도 알 텐데?"

주다혜는 몸을 부르르 떨며 말했다.

"대사형, 가끔 말하는 게 너무 얄미운 거 알아요?"

적혈명은 피식 웃었다.

그리고 말했다.

"나 정도 되는 고수가 이번처럼 직접적인 생명의 위협을 받을 일은 별로 없거든. 이건 분명 내 성장에 엄청난 밑거름이 되어 줄 거야. 그럼 이 정도 희생을 아깝게 생각하면 안 돼. 차후에 본 궁이 더 높게 도약하기 위해서라도."

"예에."

"한 명의 가치 있는 인간이 수만 명의 목숨을 먹여 살리는 세상이잖아? 나에게는 이 정도의 희생에 맞먹는 가치가 있거든."

주다혜는 적혈명의 말을 듣고 뾰로통한 얼굴을 해 보였다.

대사형의 말대로, 그녀의 사부인 북해빙궁주는 다른 어떤 일보다도 대사형의 성장을 항상 우선시했다.

아마 이번처럼 엄청난 양의 병력을 잃어도, 대사형이 무사하고 그가 무언가 깨달은 바가 있다면 크게 아까워하지 않을 것이다.

'근데 정말 이게 말이 되는 거야?'

그녀로서는 도저히 이해가 되지 않았다.

하지만 대사형도 그렇고 그의 사부도 그렇고, 너무도 당연하게 이렇게 생각하니 할 말이 없을 뿐이었다.

"어쨌든 이번 부딪침으로 검황 백무량의 기세가 어느 정도인지 정확하게 파악할 수 있었어."

"그래요? 어느 정도인데요?"

"이건 내 예상이지만…… 아무래도 사부님이 이쪽으로 오셔도 힘들 것 같아."

주다혜는 적혈명의 말에 눈을 크게 깜빡거리다가 놀란 어투로 입을 열었다.

"그게 말이 돼요? 지금 대사형은 설마 우리 사부님이 태극검황 따위에게 진다고 생각하는 거예요?"

"응, 그거야. 그리고 태극검황 따위가 아니야. 그 늙은이는 괴물 중의 괴물이라고."

적혈명은 작게 얼굴을 찡그리며 당시의 일을 회상했다.

태극검황 백무량.

그가 딱히 검을 뽑아 무언가를 보여 준 것은 아니었다.

하지만 적혈명은 그에게서 시선을 떼지 못했다.

조금이라도 눈을 돌리면 몸이 두 동강 날 것을 알았기 때문이다.

'시선에 닿는 모든 사람들을 베어 버리는 검.'

태극검황 백무량 주변에 있던 북해빙궁의 고수들.

그들은 모조리 검날에 베인 것처럼 두 조각이 나서 죽어 나갔다.

절정 고수건 일류 고수건.

백무량의 범위 안에 머물던 자들은 모조리 학살당했던 것이다.

'그런 괴물 같은 늙은이를 박살 낸 사람이 있었다는 거지?'

수하들을 희생해서 겨우겨우 그곳을 빠져나오며 적혈명은 혀를 내둘렀다.

저런 괴물을 부숴 버린 절세신마 공손천기가 얼마나 엄청난 괴물이었는지 새삼 실감할 수 있었다.

적혈명이 그런 생각들을 하고 있을 때.

주다혜가 수하들이 가져온 보고서를 읽더니 깜짝 놀란 얼굴로 입을 열었다.

"어? 대사형, 남만야수문도 저희랑 별반 다르지 않은 모양인데요?"

"왜?"

"그쪽도 공야 신승이 백팔나한을 이끌고 화산파에 오는 바람에 더 이상 진출을 하지 못했대요. 섬서성에서 발이 묶인 모양이에요."

"공야 신승이랑 백팔나한이 왔다고?"

"예."

"정도맹이 아주 미쳤구만. 지키고 있어야 할 전력들까지 다 끌고 밖으로 나왔네? 그래도 공야 신승이랑 소림사 놈들은 그나마 인간적이기라도 하지……."

태극검황 백무량에 비한다면 저 정도 병력은 귀여운 수준이었다.

적혈명이 그렇게 투덜거리고 있을 때.

기다리고 있던 사람이 찾아왔다.

중후하고 묵직한 인상의 노인.

북해빙궁의 주인, 빙백대제 담천후가 찾아온 것이다.

"일이 생겼다고 들었다."

"예, 사부."

"태극검황이 나왔다던데 사실이냐?"

"예. 제 눈으로 직접 봤습니다."

담천후는 자신이 각별히 아끼는 수제자 적혈명을 똑바로 바라보았다.

그리고 진지하게 입을 열었다.

"놈을 보니 어떻더냐?"

"어렵습니다."

어렵다.

그 말에 담천후는 잠시 동안 말을 잇지 않았다.

적혈명의 말이 어떠한 의미인지 누구보다도 잘 알았던 것이다.

조금 후 감정을 가라앉힌 담천후가 냉정하게 말했다.

"너의 그 판단을 확신할 수 있겠느냐."

"예. 목을 걸 수도 있습니다."

적혈명이 확신에 가득 차 입을 열자 담천후는 고개를 끄덕였다.

"그럼 어쩔 수 없구나. 철수하도록 하자."

"예? 이렇게 쉽게요?"

곁에서 지켜보고 있던 주다혜가 놀란 얼굴로 입을 열자 담천후는 무덤덤하게 고개를 끄덕였다.

"더 이상의 피해를 감수할 필요는 없겠지. 내가 태극검황을 막을 수 없다면 물러나는 게 옳다."

"하, 하지만 중원의 얼지 않은 땅을 얻는 게 얼마나 힘들었는데요?"

"고작해야 이 정도를 아까워하면 아무것도 할 수가 없다. 얼지 않은 땅은 차후에도 얼마든지 얻을 수 있지. 지금은 최대한 전력을 보존하는 게 우선이다."

"옳은 판단입니다, 사부."

"그럼 명아, 너는 철수 준비를 하거라. 나는 잠시 만나야 할 사람이 있다."

"예, 알겠습니다."

담천후가 그들이 머물고 있는 야영지를 벗어나 어디론가 곧장 사라지자 주다혜가 적혈명을 타박하기 시작했다.

"대사형은 아깝지도 않아요? 본 궁의 평생 숙원이 눈앞까지 왔는데 이렇게 간단히 포기하게?"

적혈명은 잠시 어이없는 얼굴을 해 보였다.

"너는 사부가 태극검황이랑 싸우다가 죽었으면 좋겠냐? 이건 결과가 확실한 거야."

"그건……."

"욕심부리지 마. 어차피 이 정도 땅이야 언제든지 되찾을 수 있으니까."

주다혜는 적혈명의 말에 볼을 팅팅 부풀리며 말했다.

"그게 대체 언젠데요."

"내가 본 궁의 주인이 되면 언제든지. 그때는 나를 막을 수 있는 놈은 천하에 없을 테니까."

자신만만하고도 오만한 말이었다.

하지만 주다혜는 딱히 반박할 수가 없었다.

그녀도 알았던 것이다.

지금이야 태극검황의 위세에 눌렸지만 이것조차도 적혈명을 성장시키는 밑거름이 될 것이다.

적혈명은 복잡한 표정의 주다혜는 신경 쓰지 않으며 북해빙궁의 철수 준비를 시작했다.

*　　*　　*

초류향이 교주가 되고 곧장 벌어진 연회식은 수뇌부 모두가 알다시피 마후의 간택식과 동시에 이루어졌다.

때문에 연회식에는 엄청난 숫자의 여인들이 들어와 앉아 있었는데,

초류향은 의자에서 조금도 움직이지 않았다.

사대 세가의 가주들은 초조해졌다.

초류향이 단 한 번도 주변의 여자에게 눈길을 주지 않은 채 그저 복잡 미묘한 얼굴로 깊은 생각에 잠겨 있었기 때문이다.

맨 처음에는 마음에 드는 여자가 없어서 그런 것일까 싶었는데 그것도 아닌 듯했다.

아예 연회 자체에 흥미가 없는지 초류향은 연회에는 아무런 반응도 하지 않고 자신만의 생각에 빠져 있었다.

그렇게 밤이 깊어 가고 분위기가 한창 무르익었을 무렵.

초류향을 살피고 있던 사대 세가의 가주들 중 한 명인 용무화가 조심스럽게 입을 열었다.

"교주님, 자리가 마음에 들지 않으십니까? 표정이 즐거워 보이지가 않습니다."

초류향은 자신에게 말을 걸어 오는 용무화를 바라보며 말했다.

"아닙니다. 제법 재미있게 지켜보고 있는 중입니다."

재미있게 지켜보는 중이라고?

그 모습이?

용무화는 당황했지만 재빨리 표정 관리를 하며 재차 입을 열었다.

"마음에 드는 아이는 찾으셨습니까?"

초류향은 고개를 저었다.

그리고 담담하게 말했다.

"안타깝게도 이 자리에는 없는 것 같습니다."

용무화는 초류향의 말에 바짝 긴장한 얼굴로 입을 열었다.

"여기 있는 아이들은 본 가를 비롯한 사대 가문에 소속되어 있는 검증된 아이들입니다. 출신도 그렇고, 미모도 저희가 고르고 고른 아이들입니다만…… 만약에 이 아이들로 부족하다면 차후에 저희가 더욱 신중하게 아이들을 골라서 따로 자리를 마련하겠습니다."

이번에도 초류향은 고개를 저었다.

그리고 입을 열었다.

"번거롭게 그러실 필요가 없습니다, 용무화 가주님."

"예? 하나……."

분명 배필을 맞이하겠다고 하지 않았던가?

설마 약속을 어길 생각일까?

용무화가 당황하고 있을 때.

초류향이 입을 열었다.

"저는 이미 마음으로 정해 둔 여인이 있습니다."

"……!"

"그러니 이런 자리는 더 이상 저에게 무의미한 것이 되겠지요."

용무화를 비롯해서 사대 가문의 주인들이 곤혹스러운 얼굴을 해 보였다.

그들도 어렴풋이 짐작하고 있었다.

소교주 초류향이 누구에게 마음을 주고 있는지, 이미 눈치를 채고 있었던 것이다.

단지 그들이 이렇게 강하게 밀어붙였던 것은, 지금이라면 그래도 실낱같은 가능성이 있었기 때문이었다.

용무화는 애써 침착한 얼굴을 한 채 초류향을 바라보았다.

초류향이 이렇게까지 말한다면 반드시 물어봐야 할 질문이 남아 있었다.

그랬기에 용무화는 최대한 조심스럽게 입을 열었다.

"마음에 담고 계신 분이 누구인지 알 수 있겠습니까?"

사대 세가의 사람들은 속으로 그들이 생각하고 있는 사람이 아니길 간절히 빌었다.

하나 그들의 바람은 여지없이 깨져 버렸다.

"공손아리입니다."

"……소군주님을 마음에 담고 계셨습니까……."

초류향은 고개를 끄덕였다.

그리고 미안한 얼굴로 입을 열었다.

"여러분들에게는 정말 미안하게 되었습니다. 사전에 미리 이야기를 했어야 했는데 일을 번거롭게 만들어서 뭐라 드릴 말이 없군요."

초류향의 말에 사대 가문 수뇌부들의 얼굴이 눈에 띄게 어두워졌다.

그들도 이미 알고는 있었지만, 정작 초류향 본인이 스스로의 감정에 대해서 확신이 없다고 판단했다.

한데 이렇게 공개적인 장소에서 순순히 인정할 줄은 몰랐기에 지금 몹시 곤혹스러워진 것이다.

'어떻게 해야 하지?'

아무리 누군가를 마음에 품고 있다고 하더라도 여기까지 와서 쉽게 물러설 수는 없는 노릇이었다.

그랬기에 이번에는 선우강진이 조심스럽게 입을 열었다.

"제가 알기로 소군주님은 이미 본 교를 떠나셨습니다. 거기에 교주님의 허락이 있었던 것으로 아는데, 잘못 알고 있는 것입니까?"

초류향은 그의 질문에 선선히 긍정했다.

"맞습니다."

"……저희는 그 일 때문에 소군주님과의 관계는 정리가 된 것으로 생각하고 있었습니다."

초류향은 선우강진의 푸념을 들으며 씁쓸한 얼굴을 해 보였다.

"안 그래도 지난 며칠 동안 그녀가 떠난 것 때문에 후회 중이었습니다. 그 덕분에 적어도 한 가지는 확실하게 되었지요."

"그 확실해진 한 가지가 무엇인지 저희도 알 수 있겠습니까?"

선우강진이 바짝 마른 입술을 적시며 묻자 초류향이 천천히 입을 열었다.

"이번에 강호에 나가게 되어 다시 그녀를 만난다면, 그 기회가 다시 저에게 찾아온다면, 이번에는 결코 그녀를 놓칠 생각이 없습니다."

"……그럼 이미 소군주님을 교주님의 배필로 삼겠다고 결심하신 겁니까."

"예. 그녀가 받아 준다면 그리할 생각입니다."

"끄응……."

초류향은 낮게 신음을 터트리는 사대 세가의 주인들을 바라보며 미안한 표정을 지었다.

하지만 어쩔 수 없었다.

이곳에 앉아 있는 내내, 시간이 흐르면 흐를수록, 초류향은 더더욱 확실하게 스스로의 마음을 깨달았던 것이다.

"이번에는 제가 그녀를 붙잡아야 할 차례입니다."

초류향에게 이제 망설임은 없었다.

마음이 확고하게 굳어졌기 때문이다.

그리고 그런 초류향을 바라보는 사대 세가 주인들의 얼굴은 흙빛이 되었다.

第九章

조언

공손아리 일행은 막수의 합류로 인해 사북성에 손쉽게 도착할 수 있었다.

하나 건안왕은 만나볼 수가 없었다.

그는 지금 외유 중이었기 때문이다.

“큰일이네.”

“그러게요. 하필이면 지금 나가 있을 건 또 뭐야.”

령은 제자리에서 쪼그려 앉으며 작게 투덜거렸다.

사북성을 지키는 문지기는 건안왕이 출타 중이시라 이곳에는 안 계신다고 제법 정중하게 알려 주었다.

사실 있었다고 해도 건안왕의 신분상 만나기가 극히 어려웠을 테지만, 적어도 외부에 나가 있는 것보다는 만나기 쉬웠을 것이다.

'더 이상 함부로 이동하는 건 아무래도 위험하겠지.'

저번처럼 적들이 눈앞에 불쑥 나타나면 어쩐단 말인가?

물론 막수라는 말도 안 되는 괴물이 보호해 준다고는 하지만, 최대한 몸조심해야 하는 상황이라는 데에는 변함이 없었다.

린은 그렇게 생각하며 조심스럽게 공손아리를 설득하기 시작했다.

"지금이라도 천마신교에 돌아가는 것은 어떠세요, 소군주님?"

"그건 안 돼, 린."

"아직도 소교주님에게 서운한 게 있으세요?"

린의 말에 공손아리는 움찔하며 대답하지 않았다.

서운하다?

아니, 이것은 그런 단순한 감정이 아니었다.

그보다 조금 더 복잡 미묘한, 말로는 설명하기 어려운 감정의 조각들이 남아 있었던 것이다.

"나는…… 이제 그곳으로 돌아가지 않을 거야. 그곳에 가 봐야 나는 아무것도 아닌걸……."

애써 아무렇지도 않게 말하려 했지만 공손아리의 음성은 가늘게 떨리고 있었다.

그 작게 떨리는 목소리를 듣는 린은 가슴이 아파 왔다.

그동안 괜찮은 척했지만 한없이 아팠던 공손아리의 마음을 누구보다도 잘 이해하고 있는 린이다.

린은 공손아리에게 다가가 가볍게 그녀를 안았다.

그 후 공손아리의 어깨를 토닥거리며 말했다.

"소교주님을 좋아한 것은 죄가 아니에요, 소군주님. 그러니 너무 오랫동안 스스로를 자책하지는 마요."

"……."

공손아리는 린에게 안겨 있는 채로 입술을 깨물었다.

지금 입을 열면 눈물이 쏟아질 것 같았기 때문이다.

그의 이름만 떠올려도 마음이 아려 왔다.

이렇게 좋아하는데, 그의 마음을 얻지 못했다고 생각하니 심장이 칼로 도려내는 것처럼 아려 왔다.

공손아리는 린의 옷깃을 부여잡고 한동안 천천히 숨을 골랐다.

그녀의 불안정한 숨결을 느끼며 린이 말했다.

"밖은 너무 위험해요, 소군주님. 언제까지나 이렇게 살 수는 없어요."

"그건 그렇지만……."

그 사실은 공손아리도 알고 있었다.

하지만 지금은 정말로 돌아가고 싶지 않았다.

린도 그녀의 마음을 알았기에 여기에서 한발 물러섰다.

공손아리가 자신의 말을 어느 정도 받아들인 것을 깨닫고 더 재촉하지 않았던 것이다.

이런 문제는 시간을 두고 차근차근 설득해야 한다는 것을 알고 있었기 때문이기도 했다.

그때 공손아리의 품 안에 안겨 있던 막수가 갑자기 불쑥 일어나더니 허공중에 코를 킁킁거리다가 불쾌한 어투로 입을 열었다.

[잠시 어디 좀 다녀오마.]

“어디를 가세요?”

[……성가신 놈을 좀 보고 와야겠다.]

“성가신 놈이요?”

막수는 대답하지 않았다.

그저 그들이 있는 숙소의 창문을 노려볼 뿐.

그다지 내키지 않는 듯한 얼굴이었기에 린은 걱정스러운 표정으로 입을 열었다.

“금방 오실 건가요, 막수 님?”

[그건 모르겠다. 가 봐야 알겠어. 그러니까 너희들도 이곳에서 너무 멀리 가지는 마라.]

“네.”

막수는 엉덩이를 가볍게 툭툭 털고 깡총 뛰어서 창틀 위로 올라섰다.

그리고 어딘가를 노려보며 축지법을 사용해서 순식간에 사라져 버렸다.

“정말 가 버리셨네…….”

린이 말하자 조용하게 구석에서 짐 정리를 하고 있던 령이 고개를 끄덕였다.

“토끼 신령님도 자기 할 일이 있으신가 봐요.”

“그렇겠지. 다들 바쁘게 사는 거니까.”

공손아리는 그녀들의 대화를 가만히 듣고 있다가 불쑥 입을 열었다.

“일단 우리 이곳에서 리 선생님을 더 기다려 보자.”

린은 공손아리의 말에 움찔했지만 곧 한숨을 내쉬며 고개를 끄덕였다.

어찌 되었건 그녀가 포기하게 만들려면 마테오 리치를 빨리 만나게 해 줘야 할 것 같았기 때문이다.

"알겠어요. 그럼 그 색목인을 만난 후에 다음 거취를 정하기로 해요."

"응."

공손아리는 순순히 고개를 끄덕였다.

지금은 천마신교로 돌아갈 수 없었다.

밖이 위험하다는 것은 알지만 이런 마음으로 돌아가서 초류향을 다시 볼 용기가 없었던 것이다.

'신세지고 싶지 않아…….'

조금씩 천천히 마음을 지워 갈 생각이었다.

어렵겠지만, 힘들겠지만 그렇게 해야만 했다.

공손아리는 그렇게 스스로를 달래자 약간 후련해진 기분이 되었는지 천천히 자리에서 일어나 창밖을 바라보다 입을 열었다.

"린."

"네, 소군주님."

"우리 그럼 이제 시간이 아주 많은 거지?"

"뭐…… 그런 셈이지요?"

딱히 하려는 일이라든가 해야만 할 일은 없었다.

그저 막연하게 기다리는 일만 남은 것이다.

무슨 일을 하면서 시간을 때울까 고민하려는 찰나 공손아리가 눈을 빛내며 입을 열었다.

"그럼 우리 낚시나 하러 가 볼까?"

"예?"

낚시?

뜬금없이 그게 무슨 소리일까?

"우리 아빠가 그랬는데 낚시를 하면 시간이 훌쩍 지나간대. 그것만큼 시간을 죽이는 데 좋은 것이 없다고 했어."

절세신마 공손천기의 취미 중 하나는 바로 낚시였다.

매번 인공 호수에서 낚시를 하며 느긋하게 시간을 죽이는 것이 그의 소일거리였던 것이다.

"확실히 시간이야 빨리 가긴 하겠지만……."

린은 망설였다.

너무 갑작스러웠기 때문이다.

게다가 지금은 막수도 없었기에 움직일 때는 가능한 한 신중해야 했다.

"한 번만 해 보자, 린. 나 태어나서 한 번도 낚시를 해 본 적이 없어."

"초혜정에서 안 해 보셨어요? 거기 인공호수에 물고기 많았는데."

"응. 안 해 봤어. 아빠가 나중에 어른이 되면 해 보라고 했거든."

"교주님이요?"

"응. 난 이제 어른이니까 해도 되잖아?"

린은 공손아리가 배시시 웃으며 말하자 잠시 고민했다.

그러다 피식 웃으며 고개를 끄덕였다.

생각해 보니 딱히 할 일도 없고, 기분 전환용으로도 그다지 나쁘지 않을 것 같았다.

게다가 마침 근처에 낚시를 할 만한 곳도 있었다.

"알겠어요. 준비할게요."

"진짜? 정말로 가는 거야?"

"네."

"우와!"

공손아리는 부탁을 하면서도 사실 별로 기대는 하지 않았다.

하지만 린이 의외로 순순히 가자고 하자 기쁜 마음에 환호성을 질렀다.

공손아리가 그렇게 방방 뛰며 기뻐하자 린도 기분 좋은 미소를 입가에 그렸다.

그때 조용히 둘의 대화를 듣고 있던 령이 조심스럽게 린에게 질문했다.

"근데 언니, 낚시하는 방법은 아세요?"

"아니. 모르는데? 그냥 물에 낚싯대를 담그면 되는 거 아닌가?"

그것이 새로운 일의 시작이었다.

* * *

그녀들은 섬서성 중앙을 관통하는 황하(黃河, 중국을 관통하는 두 개의 큰 강 중 하나) 어디쯤에 자리를 잡고 앉았다.

공손아리도 그랬지만 린과 령 역시 낚시는 살아생전 처음이었다.

하나 린과 령은 그래도 요령이 좋아서 낚시에 필요한 필수품들은 잘 챙겨 올 수 있었다.

'낚시가 뭐 별건가. 낚싯대와 미끼만 있으면 되는 거지, 뭐.'

사실 그녀들은 낚시를 별 대수롭지 않게 생각했다.

그저 시간 때우기용으로 생각한 것이다.

그래서 그녀들은 사람들의 눈을 피해 되도록 인적이 드문 곳으로 마차를 몰아 갔고, 사람도 별로 없는 어둑어둑한 곳에 자리를 잡았다.

그리고 챙겨 온 낚싯대를 꺼내 드는 것으로 그녀들은 낚시할 모든 준비를 끝마쳤다.

"그럼 미끼를 끼워 드릴게요."

"아냐, 이거 내가 할게. 해 보고 싶어."

"알겠어요."

꿈틀거리는 지렁이를 겁도 없이 덥석 잡은 공손아리는 그것을 조심스럽게 바늘에 끼웠다.

처음 하는 거지만 공손천기가 하는 것을 가끔 곁에서 지켜보았기 때문에 미끼를 끼우는 것은 그다지 어렵지 않았다.

"그럼 이제 던진다?"

"네."

공손아리는 조심스럽게 심호흡을 한 후 낚싯줄을 가볍게 던졌다.

퐁—

처음해 보는 낚시가 제법 기대되는지 그녀는 두근거리는 표정을 숨기지 못했다.

린과 령은 그런 공손아리를 지켜보다가 흐뭇한 미소를 그렸다.

'오길 잘했다.'

소군주님은 실연의 상처를 나름대로 잘 극복하고 있는 것 같았다.

린과 령은 각자 공손아리의 옆에 자리를 잡고 앉았다.

그녀들 모두 그렇게 각자 하나의 낚싯대를 들고 멍하게 앉아 있었는데, 아무리 기다려도 물고기는 소식이 없었다.

"……뭔가 잘못됐나?"

공손아리가 한 식경(삼십 분)쯤 지나서 조심스럽게 입을 열자 린과 령은 대답하지 못했다.

그녀들도 뭐가 잘못되었는지 몰랐기 때문이다.

"아빠가 하던 거랑은 많이 다른데?"

공손아리의 아버지.

공손천기는 낚싯대를 드리우기만 해도 물고기들이 주르륵 잡혀 올라온다고 했었다.

하지만 주르륵은커녕 낚싯대는 미동조차 하지 않고 있었다.

"한번 꺼내 볼까?"

"……제 걸 먼저 꺼내 볼게요."

"그럴까, 그럼?"

령이 자신의 낚싯대를 꺼내 보았다.

그러자 팅팅 불어 있는 미끼만이 걸려 있을 뿐이었다.

"이상하다. 뭐가 문제지?"

그녀들은 이해할 수가 없었다.

낚시도 특정한 장소에서만 잘된다는 것을 이해하지 못했던 것이다.

사람들이 없는 자리는 보통 물고기가 별로 없는 자리라는 말이나 마찬가지였다.

“우리…… 장소를 바꿔 볼까?”

공손아리가 말하자 린과 령은 고개를 끄덕였다.

그녀들도 본능적으로 자리에 문제가 있다는 것을 인식했기 때문이었다.

그렇게 그녀들이 자리를 접고 천천히 강을 따라 이동하던 도중 공손아리의 눈에 문득 이상한 것이 보이기 시작했다.

‘저게 뭐지?’

강의 한가운데쯤에 무언가가 영롱하게 반짝거리고 있었다.

“린.”

“네.”

“저게 뭐야?”

“어떤 거요?”

린은 공손아리가 가리키는 방향을 바라보았지만 그녀의 눈에는 아무것도 보이지 않았다.

령도 마찬가지였다.

그녀들의 눈에는 ‘저것’이 보이지 않는 모양이었다.

공손아리는 여기서 잠시 고민했다.

저게 무엇인지 모르니 어떻게 해야 할지 갈피를 잡을 수가 없었던 것이다.

불안감과 함께 강렬한 호기심이 생겼다.

결국 공손아리는 린과 령을 돌아보며 입을 열었다.

"우리 여기에서 낚시를 해 보는 건 어때?"

"여기요?"

"응. 사람도 없고 바람도 불지 않아서 좋은 거 같은데."

린과 령이 주변을 두리번거리다가 곧 고개를 끄덕였다.

"그럼 그래요."

그녀들은 다시 낚싯대를 강가에 드리우고 기다리기 시작했다.

그리고 놀랍게도 이곳에서는 낚싯대를 집어넣기가 무섭게 물고기들이 잡히기 시작했다.

"우, 우와! 이것 봐, 린! 나 또 잡았다!"

"저도 또 잡았어요, 소군주님!"

팔뚝만 한 붕어부터 시작해서 어린아이만 한 잉어까지.

월척들이 계속해서 낚여 올라왔다.

그녀들은 신이 나서 몇 번이고 낚싯대를 강물에 집어넣었다.

준비해 온 바구니가 금세 가득 차 버렸다.

넣는 족족 이렇게 물고기들이 낚이자 그녀들은 낚시가 점점 재미있어졌다.

그렇게 그녀들이 신나게 물고기들을 낚아 올리고 있을 때.

문득 공손아리는 강 한가운데서 빛나고 있던 무언가가 그녀들 근처까지 다가온 것을 보게 되었다.

'응? 움직였어?'

처음에는 무시하려고 했는데 서서히 다가오는 모습이 무척이나 신경이 쓰였다.

게다가 이제는 거의 그녀들이 낚싯대를 담그는 곳 근처까지 다가오지 않았는가?

공손아리는 서둘러 낚싯대를 건져 올린 다음에 진지한 얼굴로 고민했다.

'저건 물고기가 아니야.'

그녀의 눈은 모든 사물의 실체를 보는 눈이다.

빛나는 무언가는 지금 물속 깊은 곳에 있어서 정확하게 그 모습이 보이지 않았지만, 분명 물고기는 아니었다.

물고기보다는 훨씬 더 크고 거대한 무언가였다.

그랬기에 공손아리는 고민했다.

그녀는 낚싯대를 던지지도 못한 채 안절부절못하며 고민했다.

그러다 문득 옆에서 신난 얼굴로 낚싯대를 집어넣는 린과 령을 보며 조심스럽게 입을 열었다.

"우리 이제 그만 돌아갈까?"

"예? 왜요? 이제 막 재미있어졌는데?"

"아니, 그냥…… 조금 피곤하기도 하고."

공손아리가 말하자 린은 고개를 갸웃거리다가 입을 열었다.

"소군주님, 아까 마차에서 주무시지 않으셨어요?"

"배, 배도 조금 고픈 것도 같아서."

“아, 안 그래도 슬슬 저희가 잡은 고기를 구워 먹을 생각이었어요. 제가 금방 준비할 테니 조금만 기다리세요.”

린이 자리에서 일어나 서둘러 장작불 피울 준비를 하자 공손아리는 허둥거리며 말했다.

“돌아가서 먹어도 되잖아?”

“이왕 나온 김에 여기서 먹고 가야죠. 저희가 잡은 물고기, 어차피 전부 들고 갈 수도 없다구요. 너무 많아서.”

린이 가져온 바구니가 가득해진 것을 보여 주자 공손아리는 어색한 얼굴로 대답했다.

“그, 그런가?”

공손아리는 말을 하면서 아까보다 더더욱 가깝게 다가온 ‘반짝거리는 무언가’를 불안한 시선으로 바라보았다.

가까이 다가올수록 점점 그 형태가 보이기 시작했던 것이다.

‘되게 크다.’

집채만큼 커다란 무언가였다.

가만히 공손아리가 그것을 바라보고 있는데 ‘그것’이 령의 낚싯대 쪽으로 스멀스멀 접근하기 시작했다.

핑—!

“어? 잡혔다!”

팽팽하게 당겨지는 낚싯대를 보며 기쁜 얼굴로 그것을 잡아당긴 순간.

“어?”

령은 당황했다.

낚싯대를 당겼는데 오히려 강으로 끌려갈 뻔한 것이다.

실로 엄청난 힘.

령은 급하게 호흡을 고르고 내력을 끌어 올렸다.

그때쯤 공손아리의 눈에는 똑똑히 보였다.

강바닥에서 반짝거리는 무언가가 령의 낚싯대를 강하게 잡아당기는 것이.

'뭐, 뭐지, 저건?'

공손아리는 고민했다.

동시에 령의 낚싯줄이 팽팽하게 당겨지고 낚싯대가 곧장 활처럼 휘어졌다.

그 모습에 지켜보고 있던 린이 후다닥 뛰어오며 입을 열었다.

"이야! 엄청나게 큰 월척인가 본데?"

"……."

령은 입을 열어서 도와 달라고 말하고 싶었지만 그럴 여유조차 없었다.

당장이라도 강물 속으로 끌려들어 갈 듯 낚싯대에서 어마어마한 힘이 전해져 왔던 것이다.

'어, 어쩌지?'

입을 열어 말을 하고 싶은데 말이 나오지 않았다.

낚싯줄을 끊어 버리거나 낚싯대를 버리고 싶은데 그것마저도 되지 않았다.

마치 보이지 않는 무언가가 령의 몸 전체를 실로 꽁꽁 싸매고 천천히 강물 속으로 끌고 들어가는 것만 같았다.

'안 돼!'

령은 필사적인 얼굴로 저항하기 시작했다.

그녀는 절정 고수였다.

그랬기에 내력을 순식간에 끌어 올려 어떻게든 버텨 보았지만 금방 한계가 찾아왔다.

린은 령의 곁에서 응원하다가 그녀의 얼굴이 점차 하얗게 질려 가는 것을 보며 눈을 찡그렸다.

"뭐해? 이런 장난치지 마. 재미없으니까."

령이 땀을 삘삘 흘려 가며 낚싯대를 잡고 휘청거리고 있다는 사실을 그제야 깨달은 린이 심각한 얼굴로 입을 열었다.

"……아무래도 무슨 문제가 있는 모양이네."

린은 잠시 낚싯대와 령의 일그러진 얼굴을 바라보다가 검을 뽑아들었다.

낚싯줄을 끊으려고 한 것이다.

그녀의 검이 빠르게 허공에서 그어졌다.

하지만…….

텅—!

"어?"

린은 낚싯줄에 자신의 검이 튕겨져 나오자 당황한 얼굴을 해 보였다.

그때 결국 참지 못한 공손아리가 령의 허리춤을 붙잡고 뒤로 당기기 시작했다.

"린!"

공손아리가 다급하게 입을 열자 린도 그제야 입술을 깨물고 령의 허리춤을 붙잡고 뒤로 당겼다.

그 순간 린은 느꼈다.

어떤 거대한 힘이 그녀들을 통째로 강 쪽으로 끌고 가려는 것을.

'이건 위험해.'

이대로라면 셋이 전부 다 강물 속으로 빨려 들어갈지도 모른다.

'그건 절대로 안 돼!'

저 안에 무슨 괴물이 입을 벌리고 있을지 어떻게 알겠는가?

린과 령은 서로 호흡을 맞추기 시작했다.

그 후 천천히 전력을 다했다.

우드득—

절정 고수 두 명이 본격적으로 힘을 쓰자 강물로 빨려 들어가던 낚싯대가 조금씩 위로 딸려 나오기 시작했다.

린과 령, 그리고 공손아리가 힘을 합쳐서 낚싯대를 끌어당기기 시작한 지 얼마나 지났을까.

갑자기 저항이 사라지며 낚싯대가 뒤로 쑤욱 딸려 왔다.

동시에 거대하고 거뭇한 무언가가 바깥으로 뽑혀 나왔다.

린과 령은 낚시에서 건져 올린 무언가를 보며 입을 쩍 하고 벌렸다.

"이, 이게 뭐야!"

공손아리도 눈앞에 나타난, 족히 사람만 한 크기의 거대한 그것을 보며 놀란 얼굴을 했다.

"거, 거북이?"

[음?]

물 위로 올라온 거대한 거북이는 잠시 당황스러운 얼굴을 해 보였다.

그리고 느릿느릿하게 주변을 두리번거리다가 입을 열었다.

[이거 참, 일이 참으로 곤란하게 되었소.]

거북이는 목소리조차도 느릿느릿했다.

"히, 히익! 말을 한다! 거북이가 말을 해요!"

령이 비명처럼 입을 열자 린이 그녀에게 꿀밤을 때리며 말했다.

"이런 거 처음 보는 것도 아니면서 왜 그래?"

"아!"

그랬다.

토끼도 말을 하는 판에 거북이가 말을 하는 게 대수겠는가?

령이 금세 수긍할 때 공손아리가 입을 열었다.

"왜 우리를 강으로 끌고 가려고 했어요, 거북님?"

[으음?]

거북이는 특유의 느릿한 동작으로 고개를 돌려 공손아리를 똑바로 바라보다가 입을 열었다.

[그대가 먼저 나를 의식하지 않았소? 진안을 가진 인간이여.]

"제가 쳐다보면 안 되는 건가요?"

공손아리의 물음에 거북이는 잠시 생각하는 얼굴을 해 보였다.

그리고 말했다.

[쳐다보면 안 되는 것이라기보다도, 본래는 보고도 모르는 척해야 하는 것이오. 그대와 나는 서로 사는 세계가 다른 것이니. 게다가 그대처럼 특별한 눈을 지닌 사람이 이쪽 세계의 것을 강하게 의식하면 우리는 힘을 사용하기 어려워지오.]

"아, 그런 것이었군요!"

막수가 매번 공손아리에게 진안을 가졌다고, 특이한 인간이라고 신기하게 바라봤던 이유가 이런 것 때문이었나 보다.

[그대 덕분에 매우 난감해졌소.]

거북이는 특유의 지느러미 같은 발을 들어 올려 머리를 긁적였다.

곤란한 얼굴.

"왜요?"

[내가 물 밖으로 끌려 나오는 바람에 용궁의 문이 완전히 닫혀 버렸소. 돌아갈 수가 없게 되었단 말이오.]

"그, 그럼 어떻게 하지요?"

거북이는 공손아리를 똑바로 바라보며 입을 열었다.

[본래 모든 물은 바다로 통하는 법이라 이런 강물에서도 용궁의 문을 열 수 있어야 하지만, 이렇게 강제로 한번 문이 닫혀 버리면 한동안 열리지 않소. 그러니 용궁으로 직접 걸어가야 하오.]

용궁으로 직접 걸어간다?

공손아리는 고개를 갸웃거리며 입을 열었다.

"어떻게요?"

[말하지 않았소? 이렇게 걸어서 바다로 가야 하오.]

거북이는 지느러미를 몇 번 허우적거리며 천천히 앞으로 걸어갔다.
한 걸음…… 또 한 걸음.
매우 느릿하게.
"……그렇게 해서 바다로 가시겠다구요?"
[후후, 움직임이 너무 빨라서 놀랐소? 우리 종족은 이렇게 바다와 육지를 자유로이 오갈 수 있는, 선택받은 특별한 종족이오.]
한껏 거만한 표정을 짓는 거북이.
그것을 바라보는 공손아리 일행의 얼굴에 어색함이 떠올랐다.
[그나저나 인간이랑 이야기해 본 것은 정말 오랜만이오. 그대가 비록 날 곤란하게 했지만 진안을 가진 인간은 진귀한 것이니 그리 탓하지는 않겠소. 수고하시오.]
거북이는 말을 마치고 느릿느릿하게 앞으로 걸어가기 시작했다.
턱! 스윽—
턱! 스윽—
동작 하나하나가 무척이나 느릿하여 보는 사람을 숨 막히게 만들었다.
공손아리가 보기엔 저렇게 해서 바다까지 가려면 한도 끝도 없이 시간이 걸릴 것 같았다.
"그냥 강물을 통해 가시면 안 되나요?"
거북이는 고개를 저었다.
그는 공손아리를 보며 정색한 후 입을 열었다.
[본래부터 이 몸은 용궁 출신이라 강물같이 더러운 물 속에 오래

머물 수 없소.]

거북이는 스스로가 용궁 출신이라는 것에 대단한 자부심이 있어 보였다.

그 말을 들은 공손아리는 고개를 갸웃거리며 말했다.

"근데 조금 전까지 강물 속에 계셨잖아요?"

[그건 용궁의 문을 통해서 강을 구경하고 있었던 것뿐이오. 그러다 우연히 그대에게 걸린 것이지.]

운이 나빴다.

진안을 지닌 인간이 그를 바라보자 거북이는 자신도 모르게 용궁 바깥으로 딸려 나왔던 것이다.

어떻게든 바깥으로 끌려 나가는 힘에 저항하려다 보니 급한 대로 문에 한쪽 다리를 걸치고 버티면서 바깥에 있던 공손아리를 물에 빠뜨리려 한 것인데…….

그러기엔 힘이 부족했던 모양이다.

거북이는 속으로 한숨을 내쉬다가 입을 열었다.

[난 신경 쓰지 말고 그대는 그대의 길을 가면 되오. 잘 가시오.]

거북이는 굉장히 담담한 얼굴로 기어가기 시작했다.

그 느릿한 모습을 바라보고 있자니 다시 숨이 턱턱 막혀 왔다.

공손아리는 결국 안쓰러운 얼굴로 말했다.

"제가 도와 드릴 일은 없을까요?"

"소군주님!"

그때까지 둘의 대화를 조용히 듣고 있던 린이 깜짝 놀란 얼굴로 다가와 입을 열었다.

"……조금 전까지 우리를 무척이나 곤란하게 했던 요괴예요. 왜 굳이 친절을 베풀려고 하세요?"

"그렇지만 나 때문에 이렇게 됐다고 하니까……."

"조금 전에 물에 빠졌으면 소군주님이 무슨 꼴을 당했을지 알고서 그러시는 거예요?"

[그건 오해요. 나는 아무 짓도 하지 않소. 이 몸은 바다의 귀족. 인간에게 굳이 해를 끼치지 않소.]

"그걸 어떻게 믿어?"

린이 눈꼬리를 위로 올리며 사납게 말했다.

하마터면 소군주님을 위험에 빠뜨릴 뻔했다.

낚시에 정신이 팔려서 잠시나마 본분을 망각했던 것이다.

공손아리가 물에 빠질 수도 있었던 조금 전 상황을 떠올리자 린은 손끝이 덜덜 떨려 왔다.

'당장에라도 껍데기를 분리시키고 싶지만…….'

그래도 공손아리 앞이니 그럴 수는 없었다.

분통이 터지려는 것을 겨우겨우 참으며 린이 거북이에게 진정으로 분노한 얼굴을 해 보일 때.

공손아리가 그녀를 말렸다.

"어쨌든 아무 일도 없었잖아, 린."

"사람이 좋은 데에도 정도가 있는 법이예요, 소군주님. 방금 하신 말씀은 너무 지나치셨어요."

자신에게 위해를 끼치려던 존재에게까지 친절할 필요는 없었다.

당장에 난도질을 해도 모자랄 판인 것이다.

린이 그렇게 흉흉한 생각을 하는 동안 옆에서 령도 조심스럽게 허리춤을 매만졌다.

여차하면 칼을 꺼내서 저 수상한 거북이를 공격할 생각이었다.

거북이는 그녀들의 태도에 무덤덤하게 입을 열었다.

[육지라고 이 몸을 너무 우습게 보는 것 같소, 그대들은. 내 비록 바다에 속한 몸이지만 이 상태로도 그대들 정도는 아주 곤란하게 만들 힘이 있소.]

“그 전에 네놈 껍데기 속에 무엇이 있는지 보게 될걸?”

지척이었다.

린과 령이 마음만 먹으면 순식간에 칼을 뽑고도 남는 거리.

그때.

그녀들의 뒤쪽에서 누군가의 황당하다는 듯한 목소리가 들렸다.

[……저놈은 또 뭐냐?]

린과 령이 고개를 돌리자 그곳에는 어이없는 얼굴을 하고 있는 막수가 서 있었다.

* * *

초류향은 즉위식이 끝난 후 초혜정으로 돌아왔다.

그곳에서 정자에 앉아 인공 호수를 바라보던 초류향이 작게 입을 열었다.

“운휘 님.”

『예. 주군.』

“이제부터 잠시 동안 저 혼자 중얼거릴 생각인데…… 모르는 척해 주시면 감사하겠습니다.”

이건 생각하기에 따라서 꽤나 이상한 명령이었다.

하지만 운휘는 고개를 끄덕이며 조용하게 대답했다.

『알겠습니다.』

그러고는 천천히 초류향과 거리를 벌려 주었다.

초류향의 몸속에 초류향이 아닌 자가 있다는 것은 운휘도 어렴풋이 눈치채고 있었다. 초류향이 가끔씩 보이는 묘한 태도와 행동들이 전혀 다른 사람의 것임을 알았던 것이다.

‘그자와 대화를 하실 생각이시구나.’

초류향의 몸속에 있는 괴상한 존재.

그자의 정체가 무엇인지는 사실 운휘도 모르고 있었다.

단지 한 가지. 그자가 보통의 인간이 아니라는 것만큼은 확신했다.

그자가 초류향의 몸을 완벽하게 제어했을 때.

그를 마주하는 순간 공손천기를 정면으로 마주 봤을 때처럼 큰 충격을 느꼈던 것이다.

초류향은 그런 존재와 대화를 하려는 것이다.

그렇다면 자신이 방해해선 안 되었다.

멀리 떨어진 곳에서 운휘가 조용히 침묵을 지키자 초류향이 인공 호수를 바라보며 입을 열었다.

“승상께서 늘 조용히 계시지만 제 이야기나 행동들을 모두 보고 계신 것, 이미 알고 있습니다.”

[…….]

초류향은 혼자 떠드는 게 어색한지 잠시 뒷머리를 긁적이다가 말했다.

“제가 갑자기 이렇게 말을 걸어서 마뜩지 않으시겠지만, 이번에는 꼭 승상의 조언이 필요하기에 이런 것이니 나쁘게 생각하지 않으셨으면 합니다.”

[…….]

초류향은 조용히 기다렸다.

제갈량이 자신의 부름에 응할지 아닐지는 확신할 수 없다.

하지만 그라면 나타나 줄 것이라는 생각이 막연하게 들었다.

과연 잠시 후.

[너의 일에 되도록 개입하지 않으려 했거늘…… 어찌해서 나를 찾느냐?]

초류향은 자신의 머릿속에 울리는 음성에 환하게 웃어 보였다.

그리고 말했다.

“그동안 줄곧 지켜보셨으니 지금 제 상황을 알고 계시지요?”

[네 녀석의 사랑 놀음이라면 잘 지켜보고 있다. 웃기지도 않더구나. 겨우 그 문제 때문에 나를 찾는 것이냐?]

초류향은 어색한 얼굴로 머리를 긁적였다.

지금 그를 이렇게 부른 이유는 그 문제 때문이 아니었으니까.

"그 문제는 제가 제 힘으로 해결할 겁니다. 승상을 찾게 된 이유는 다른 것 때문입니다."

[다른 것?]

"예."

초류향은 잠시 말을 잇지 않다가 낮지만 힘 있는 목소리로 말했다.

"제가 각오하고 있는 대업 때문입니다. 승상."

[대업이라……. 참으로 건방진 단어다.]

약간의 비웃음.

하나 초류향은 전혀 불쾌해하지 않았다.

상대방은 과거 천하를 휩쓸었던 영웅 중의 영웅이다.

그는 아무것도 없는 상태에서 시작해 스스로의 힘으로 천하를 쥐락펴락하지 않았던가? 그가 보았을 때 지금의 초류향이 생각하는 대업이라는 것은 정말로 우습게 보일 수 있었다.

[하지만…… 대업이라는 단어는 확실히 사내의 피를 끓게 만들기에 충분하겠지.]

탁—

머릿속에 있던 제갈량이 갑자기 초류향의 눈앞으로 튀어나왔다.

희끄무레한 잔상이 생기더니 그가 불쑥 현실로 걸어 나온 것이다.

초류향이 그 신묘한 재주에 감탄을 터트릴 때.

제갈량이 정자의 난간에 걸터앉으며 말했다.

[이렇게 하는 것이 이야기하기가 편하겠지, 아무래도.]

"예. 배려에 감사합니다. 승상."

제갈량은 피식 웃으며 자신의 섭선을 만지작거렸다.

그러다 초류향을 바라보며 말했다.

[네가 교주가 되는 과정을 지켜보았다. 그리고 네가 있는 이쪽 세상이 생각보다 재미있음을 알았지.]

"예. 생각보다 좋은 곳입니다, 이곳은."

힘만 있으면 모든 것을 이룰 수 있는 세상.

이 얼마나 진솔하고 파격적인 세상인가?

예전에는 무뢰배들의 세상이라 오해했지만 딱히 그런 것도 아니었다.

강호에는 분명히 그들만의 규칙이 존재하고, 그것을 중심으로 세상이 돌아간다.

힘이 모든 것을 증명하는 세상이지만 완전한 무질서는 아닌 것이다.

[네가 꿈꾸는 대업을 위해서는 지금 네가 누리고 있고, 가지고 있는 많은 것들을 잃게 될 것이다. 그건 알고 있느냐?]

초류향은 고개를 끄덕였다.

"예."

[어쩌면 지금 가지고 있는 모든 것을 잃게 될 수도 있지. 그것도 아느냐?]

이 세상에 공짜는 없다.

무언가를 얻으려면 당연히 그에 상응하는 어떤 것을 희생할 각오가 필요하다.

등가교환(等價交換, 같은 가치를 가지는 것을 서로 교환함)인 것이다.

제갈량의 질문에 담긴 속뜻을 파악한 초류향은 씨익 웃었다.

"각오하고 있습니다."

모든 것을 얻기 위해서 그 정도의 각오는 필수였다.

초류향의 마음에 새겨진 각오라는 게 결코 거짓이 아님을 누구보다도 잘 알고 있는 제갈량이기에 그는 입가에 가느다란 미소를 그리며 말했다.

[네놈 욕심이 과하다는 것은 알았지만 이건 제 스승보다도 더한 놈이구나. 흥미가 생기긴 한다.]

"저에게는 조언이 필요합니다, 승상."

[우습구나. 이미 각오를 다졌으면 그만이지 무슨 조언이 더 필요하더냐?]

"천하를 상대로 싸워야 하기에 적으로 삼아야 할 자가 너무 많습니다. 그러니 저는 그 순서를 정하고 싶습니다."

[순서라…….]

제갈량은 슬쩍 미소를 지으며 초류향을 바라보았다.

맨 처음에는 이 녀석이 단순히 젊은 혈기에 휘둘려서 천하 통일을 외치는 줄 알았다.

원래 인간이라는 게 쥐뿔만 한 힘이 생기면 큰 욕심을 부리는 존재였으니까.

하지만 이놈은 놀랍도록 침착했다.

그리고 무섭도록 정확하게 판단해서 하나하나 단계를 밟아 나가려 하고 있지 않은가?

'하긴 원래부터 그런 놈이었지.'

어릴 때부터 여러 가지로 대단한 놈이긴 했다.

그런 놈이 각오를 다지고 마음에 하나의 기준을 세웠으니, 목표를 향해 무섭도록 치고 나갈 것은 당연한 일.

'순서라…….'

과거 제갈량 역시 천하를 상대로 싸웠을 때.

초류향처럼 일의 순서를 먼저 정하고 움직였다.

이것은 대단히 중요한 작업이다.

아무리 절대적인 힘이 있더라도 개인이 홀로 세상 모두를 상대로 싸워 이길 수는 없다.

그러니 차근차근 밟고 나가야 하는 것이다.

잠시 무언가를 고민하던 제갈량이 입을 열었다.

[너는 순서를 정하기에 앞서 우선 한 가지 사실을 확인해야 한다.]

"무엇을 말입니까?"

[지금 시점에서 강대한 힘을 가지고 있는 너를 죽이려는 자와 두려워하는 자, 그리고 이용하려는 자를 정확하게 나눌 필요가 있지.]

초류향은 고개를 끄덕였다.

자신을 죽이려는 자와 두려워하는 자, 그리고 이용하려는 자를 분간할 수 있다면 일의 순서를 정하는 데에 매우 큰 도움이 될 것이 분명했다.

하나 그것을 어떻게 나눌 수 있다는 말인가?

단순히 생각해 보자면 모두가 그를 죽이려 할 것이다.

두려워하는 자는 그것을 숨기려 할 것이고, 이용하려는 자도 본래의 욕심을 숨긴 채 가면을 쓰고 접근할 게 분명했다.

그런 사람이나 집단을 어떻게 미리 정확하게 분류할 수 있다는 말인가?

초류향은 차분한 얼굴로 물었다.

"승상께서는 제가 궁금해하는 것을 해결할 방법을 알고 계시겠지요? 제가 가장 먼저 무엇을 어떻게 하면 되겠습니까?"

[아주 간단한 방법이 있지.]

제갈량의 입가에 가느다란 미소가 그려졌다.

第十章

대업을 이루는 방법

제갈량과의 이야기가 끝난 직후, 초류향은 팔대 호법들을 전원 소집했다.

그리고 그 자리에서 초류향이 입을 열었다.

"준비는 어떻게 되어 가고 있습니까?"

"병력들은 이미 완전하게 정비가 되어 있고, 개인 물품들도 곧이어 지급이 완료될 겁니다. 모아 둔 돈이 꽤 있어서 자금도 충분합니다. 소금 장사가 꽤나 벌이가 좋았습니다."

전박이 말하자 초류향은 고개를 끄덕이며 말했다.

"다행입니다. 그럼 그 부분이 해결되었으니 편안하게 말하겠습니다."

"하명하시지요."

"사실 이번에 중원에 나가기 전에 한 가지 먼저 선행되어야 할 것이 있습니다. 그것 때문에 바쁘신 줄 알지만 이렇게 모두를 부른 겁니다."

"그것이 무엇인지요?"

팔대 호법 모두가 궁금한 얼굴을 할 때.

초류향이 그들 앞에 하나의 문서를 꺼내 들며 말했다.

"이것을 중원에 있는 모든 문파에 보낼 겁니다."

붉은색 종이에 쓰여 있는 문구.

그 문장들을 차분하게 읽던 팔대 호법들은 눈에 보인 몇 가지 단어에 모두 깜짝 놀란 표정을 지었다.

우 호법이 입을 열었다.

"이, 이건 선전포고문입니까?"

"예. 정확하게 보셨습니다. 정도맹과 북해빙궁, 남만야수문과 흑월회에 보낼 문건입니다."

선전포고(宣戰布告).

말 그대로 전쟁의 시작을 만천하에 알리는 문서라 할 수 있다.

문제는 이런 것을 굳이 왜 만들었느냐는 점이다.

다들 이해할 수 없다는 얼굴이었다.

"적들에게 굳이 준비할 시간을 줄 필요가 있겠습니까?"

우 호법이 고개를 갸웃거리며 물었다.

그냥 몰아치듯이 한 방에 기습적으로 적들을 쓸어버려야 편하지 않나?

미리 쳐들어올 것을 알고 대비하고 있으면 아무리 약해 빠진 녀석들이라도 조금은 버거울 수 있었다.

우 호법이 그 부분을 걱정하자 초류향은 빙그레 웃었다.

"이 문서를 보내는 것만으로도 우리가 상대해야 할 적들의 숫자를 확실하게 줄일 수 있습니다."

"적들의 숫자를 줄일 수 있다는 말씀이십니까?"

우 호법이 의아한 얼굴로 묻자 초류향은 고개를 끄덕였다.

"예. 확실하게 줄어듭니다."

과거 제갈공명은 자신이 모시던 황제에게 출사표를 던지며 출병에 대한 허락을 구했다.

지금의 초류향은 그것과 비슷하지만 조금 달랐다.

그는 누군가의 허락을 받을 필요도 없고, 동의를 구할 필요도 없기 때문이다.

그래서 적들에게 경고장을 보내는 것이다.

'이것을 보았을 때 적이면 확실하게 돌아설 것이고, 적이 아니라면…….'

각자가 모두 다른 행동을 보일 게 분명했다.

무턱대고 천하와 싸우려 하다가는 이쪽의 피해가 클 것이 너무 뻔했다.

그러니 가장 먼저 이빨을 드러내는 녀석들을 쳐서 없애야 한다.

'그것도 아주 압도적으로…….'

확실하게 적이라 판단되는 쪽을 먼저 짓밟아서 가지고 있는 엄청난 힘의 차이를 직접적으로 보여 줄 필요가 있었다.

그래야 이쪽의 손실이 적다.

단순히 중원을 박살 내는 것만이 목표가 아니라 부순 후의 완벽한 통제를 위해서는 이쪽의 손실을 최대한 줄여야 한다.

'일의 순서를 정한다.'

제갈량과 이야기한 것이 많은 도움이 되었다.

그의 조언은 정확했고, 또 지금 상황에서 그 어떤 것보다 효과적이었다.

선전포고문을 돌리면 적들은 각자 나름대로 반응을 보일 것이다.

그 반응을 보고 어디를 먼저 칠 것인지를 결정하면 된다.

그것이 초류향이 내린 최종적인 결론.

그 생각을 팔대 호법에게 차분하게 설명한 다음 초류향이 입을 열었다.

"전대의 교주님들이 강호 정복에 나섰다가 실패한 이유는 단 하나입니다."

"무슨 이유인지요?"

선우조덕이 묻자 초류향이 그를 힐끔 바라보며 대답했다.

"강호로 진출해서 적들을 부숴 놓기만 했을 뿐, 실질적으로 그 땅을 지배하려고는 하지 않았기 때문입니다."

"으음……."

맞는 말이었다.

그들은 부수고 강탈하는 것에는 익숙하지만 새롭게 무언가를 만드는 데에는 서툴렀다.

아니, 그쪽으로는 아예 생각도 해 보지 않았던 것이다.

"제 방식은 기존의 방식과 비교하면 아주 느리고 지루할 겁니다. 때문에 과거처럼 호쾌하지는 않겠지만……."

좌중을 한 번 스윽 둘러본 초류향은 입가에 가느다란 미소를 그리며 말했다.

"전대의 교주님들처럼 단순히 적들을 부수는 것에 그치지 않고 적들이 지니고 있던 땅을 완벽하게 훔쳐 낼 생각입니다."

천하를 훔치다.

그것이 초류향이 생각한 대업을 이루는 방법이었다.

* * *

마테오 리치는 근래에 마음이 좋지 않았다.

여러 가지 일들이 본인의 생각과는 다르게 흘러가고 있었기 때문이다.

'천마신교를 사교 집단으로 분류하다니…….'

본래대로라면 교황청에 문서를 보내거나 직접 방문을 하는 등 어떻게든 설득을 하기 위해 애썼을 것이다.

하지만 마테오 리치는 그러기를 포기했다.

교황청에서 보낸 문서에는 너무도 절대적인 말이 쓰여 있었기 때문이다.

'계시라…….'

교황께 직접 계시가 내려왔다고 했다.

그렇다면 거기에서 모든 일은 끝난 것이다.

어떤 설득도, 설명도 필요치 않았다.

그랬기에 마테오 리치는 고민이었다.

그가 보았을 때 초류향은 사악한 아이가 아니었다.

초류향이 이끌고 있는 집단이 그 특성상 매우 폐쇄적인 종교 집단인 것은 사실이다.

하지만 그렇게 이쪽의 기준만을 들이대고 깐깐하게 따지면 서로를 이해하기란 애초에 불가능하다.

먼저 상대방의 특이성을 인정한 뒤에 이쪽의 입장을 받아들이게 해야 한다.

이렇게 무턱대고 힘으로 해결할 일이 아닌 것이다.

'물러날 여지를 주어야 한다.'

힘으로 천마신교를 찍어 누르기 위해서는 이쪽도 정말 만만치 않은 피해를 각오해야만 한다.

단순히 볼 일이 아니었다.

그랬기에 마테오 리치는 결론을 내렸다.

마테오 리치는 자리에서 일어나 교황의 밀명을 가져온 두 사람 중 평소에 알고 지내던 기사, 그레고리를 찾아갔다.

그가 묵고 있는 숙소에 도착해서 문을 열자 마침 안토니오와 같이 차를 마시고 있는 게 보였다.

"오셨습니까? 리 선생."

그레고리가 먼저 알은체를 하자 마테오 리치는 쓴웃음을 지었다.

공교롭게도 두 사람이 같이 있을 줄이야.

계산 착오였다.

"근래에 하시는 일은 잘되시는가 보오?"

"예. 본국에서 차근차근 준비가 되어 가고 있다고 합니다."

"준비가 되어 가고 있다니, 그게 무슨 말이오?"

그레고리는 희미하게 웃으며 옆에 있는 그의 동료 안토니오를 바라보았다.

"본국에서 물건이 왔습니다."

"물건?"

"한번 보시겠습니까?"

은밀한 어투.

불길한 예감이 들었지만 마테오 리치는 일단 침착하게 고개를 끄덕였다.

지금은 무엇이든 미리 알아 놔야 좋을 때였으니까.

그레고리는 구석에 놓여 있는 상자를 조심스럽게 들고 왔다.

척 보기에도 뭔가 묵직한 느낌이었다.

'뭐지?'

마테오 리치가 궁금한 얼굴을 해 보일 때.

그레고리는 의미심장한 표정으로 상자의 뚜껑을 열었다.

상자 안의 물건을 본 마테오 리치는 얼굴을 딱딱하게 굳혔다.

"이, 이건…… 화승총(match—lock)이 아니오?"

마테오 리치의 말에 그레고리는 고개를 끄덕이며 웃었다.

"예. 이쪽 세상의 전쟁 판도를 완전히 뒤바꿔 놓을 무기입니다."

마테오 리치는 입을 다물었다.

화승총은 실로 압도적인 무기였다.

제아무리 뛰어난 무인이더라도 화약의 폭발적인 힘으로 발사되는 총알은 피할 수 없을 것이다.

'확실히 이 무기가 있다면…….'

천마신교와의 싸움에서 손쉽게 우위를 점할 수도 있을 게 분명했다.

그래서 마테오 리치의 얼굴이 더더욱 어두워졌다.

많은 사람들이 죽어 나갈 것이다.

일찍이 이런 무기를 경험해 보지 못한 나라기에 엄청난 피해가 생길 것은 불을 보듯 뻔했다.

'나는 어찌해야 하는가…….'

정말로 교황께서는 신의 계시를 받으셨을까?

교황의 계시는 예전부터 정치적으로 너무도 많이 이용되어 왔다.

마테오 리치는 이번에는 제발 그런 경우가 아닐 거라고 믿고 싶었다.

*　　*　　*

막수는 어이가 없는 얼굴로 한동안 거북이를 바라보았다.

그것은 거북이 역시 마찬가지였다.

둘은 한동안 말없이 서로를 응시하고 있었다.

다채로운 표정 변화를 보이던 막수와 거북이.

의외로 먼저 입을 연 것은 막수였다.

[어디서 케케묵은 짠 내가 진동한다 했더니만…… 네놈이었구나, 느림보.]

막수의 핀잔을 들은 거북이는 잠시 동안 느릿느릿 눈을 꿈뻑거리더니 불쑥 입을 열었다.

[간은 멀쩡하신가 보오, 토 선생?]

[간? 감히 네놈이 내 간을 걱정하는 거냐?]

[그렇소이다만.]

막수는 자신의 앙증맞은 앞발을 잠시 동안 부르르 떨다가 애써 웃음 지었다.

[흐흐. 미쳤구나, 네놈.]

과거 둘 사이에 무슨 일이 있었던 걸까?

막수는 지금 크게 분노하고 있었다.

격한 감정 변화와 더불어 막수의 주변으로 슬금슬금 묵직한 기운이 뿜어져 나왔다.

[크크, 네놈이 이렇게 육지로 기어 올라올 줄이야…… 내가 지금 얼마나 기쁜지 너는 모를 거다.]

거북이는 얼굴을 찡그렸다.

막수의 기운이 생각보다 더욱 거대하게 그를 압박해 오고 있었던 것이다.

"둘이 아는 사이예요?"

공손아리가 불쑥 끼어들며 묻자 막수는 음충맞게 웃으며 고개를 끄덕였다.

[크흐흐. 그럼, 아주 잘 알지. 단지 알기만 할 뿐이겠느냐?]

막수는 특유의 앞니를 사납게 드러내며 입을 열었다.

[과거 아직 순진했던 이 어르신을 용궁 구경 시켜 주겠다고 꼬드겨서 데려가더니, 용왕 앞에서 다짜고짜 배를 가르고 간을 꺼내려 했던 흉악한 놈이 바로 저놈이다! 내 오늘 네놈의 껍데기를 생으로 벗겨 주마!]

거북이는 막수가 자기를 삿대질하며 화를 내자 잠시 난처한 얼굴을 해 보였다.

악에 받쳐 있는 막수의 음성에서 진한 분노가 전해져 왔던 것이다.

공손아리가 눈짓으로 막수의 말이 사실이냐고 묻자 거북이는 지느러미로 등을 긁적이며 말했다.

[토 선생, 그때의 일로 아직까지 나를 오해하고 있었구려. 이해하오.]

[오해? 오해라고? 이 자식이 지금 뚫린 입이라고 막말을 해?]

막수는 차오르는 분노로 전신을 부르르 떨었다.

머릿속으로 저놈을 어떻게 죽일지 수십 가지의 방법들이 떠올랐다.

그때 거북이가 말했다.

[그리고 말은 똑바로 해 주길 바라오. 그때 본인이 그대를 용궁으로 인도한 것은 분명하지만, 실상은 그대와 내기를 해서 본인이 이겼기 때문에 그랬던 것이 아니오? 그건 정당한 승부였잖소.]

[그랬지……. 하지만 더러운 네놈이 애초에 나에게 개수작을 부리

지 않았느냐? 바닷속은 부담스럽다던 나를 상대로 용궁에서는 얼마든지 자유롭게 숨을 쉴 수 있고 엄청난 음식들도 먹여 준다면서 사기를 치지 않았느냐!]

거북이는 잘 이해가 가지 않는다는 얼굴로 고개를 갸웃거렸다.

[사실이었잖소? 난 거짓을 말한 적이 단 한 번도 없소만.]

[네놈에게서 떨어지면 숨도 못 쉬고, 엄청난 먹을거리라는 것도 전부 다 네놈들 기준에서나 그렇지…… 그 흐물흐물한 것들을 나처럼 귀한 존재가 어찌 먹는단 말이냐! 게다가 네놈이 날 용궁으로 데려간 것은 애초에 내 간이 목적이었지? 그렇지?]

그때까지 느긋하고 여유로웠던 거북이의 표정이 막수의 마지막 말에 움찔하며 크게 흔들렸다.

그리고 슬그머니 공손아리에게 시선을 돌리며 우물거리는 목소리로 뒤늦은 변명을 늘어놓았다.

[용왕님의 병환이 워낙 위중하신 터라…… 본의 아니게 토 선생의 생간이 필요했소. 그리하여 육지와 바다를 오갈 수 있는 내가 부득이하게 그 일을 맡았소이다.]

[푸하하하! 그래, 지금 네놈 입으로 죄를 인정했지? 너 오늘 잘 걸렸다!]

슈아아악—!

막수가 기운을 모은 채로 달려들 때.

거북이가 근엄한 얼굴로 호통쳤다.

[토 선생은 약속을 어길 참이오?]

막수는 거북이의 얼굴을 주먹으로 올려치려다가 멈칫했다.

그리고 그게 무슨 개소리냐는 얼굴을 해 보였다.

[어찌 되었든 내가 그때 토 선생의 생명을 구해 주었잖소. 그리고 토 선생도 본인에게 분명히 약속을 했던 것으로 기억하오만?]

[……약속을 했다고? 내가? ……무슨 약속?]

막수가 고개를 갸웃거리자 거북이는 진정으로 안타깝다는 표정을 지었다.

[그대의 머리가 이리 나쁘니 본인이 걱정이 될 수밖에 없잖소.]

[닥치고 어서 무슨 약속을 했는지나 말해.]

과거 그때.

분명히 상황이 좋지 않아서 이것저것 되는 대로 둘러댔던 것 같은데 정확하게 기억이 나지 않았다.

막수가 불안한 마음에 곰곰이 기억을 되돌려 보고 있을 때.

거북이가 약속의 내용을 말했다.

그것을 듣고 있던 막수의 얼굴이 점차 일그러졌다.

〈다음 권에 계속〉